LETTEROTIK

Besuchen Sie uns im Internet:

www.letterotik.com

DIE EINLADUNG

Der Sammelband mit vier
SM-Erotikgeschichten

Karin Baumann

LETTEROTIK

Verführt
Gedemütigt
Verliebt

Eine Einladung in meinem Postfach von einer Galerie in dieser Stadt. Okay, es waren Ferien, nicht viel zu tun und die Ausstellung klang interessant. Warum also nicht?

Problem Eins ... Was sollte ich da anziehen? Das kleine Schwarze ging ja eigentlich immer, schwarze High Heels dazu – passt. Also dann mal los.

Ich gebe zu, ich hatte etwas unterschätzt, wie lange ich nicht mehr in hohen Schuhen gelaufen war. Verdammt, meine Füße schienen mich umbringen zu wollen. Half jetzt nichts.

Pünktlich zur Eröffnung war ich da. Der Gastgeber war echt nett und erlaubte mir Fotos zu machen.

Die Skulpturen waren der Hammer. Hocherotisch, ja sicher. Aber noch mehr beeindruckte mich die Art, wie sie entstanden waren. Mit einer Kettensäge. Kein Witz. Das hätte ich zu gern mal gesehen. Ich hatte ja schon Probleme mit einer Laubsäge.

Ich stand vor einer Skulptur, die mich aus irgendeinem Grund magisch anzog. Zwei Liebende. So hieß das Teil zumindest. Zu sehen war, eine vor einem Mann knieende Frau, der dabei in ihr Haar greift. Abgerundet wurde das Ganze durch Ketten, die um die Frau geschlungen waren. Oh man, mir wurde heiß ...

»Na dann besorge ich Ihnen mal was Kühles zu trinken!«

Was ...? Hatte ich das laut gesagt? Schien zumindest so. Ich drehte mich um ... und was ich dann sah, lließ mich fast glühen. Ich glaubte, es gab nichts mehr, was mich noch runter gekühlt hätte. Dieser Mann der da stand ... Die Ausstrahlung war einfach ... Konnte ich gar nicht erklären.

Er hielt mir ein Glas hin und ich nahm es, trank es aus, während er mich ansah. Ich hatte das Gefühl, meine Kleidung löste sich gerade in Luft auf. Das Glas gab ich zurück und sagte noch artig Danke.

Er hatte ein Grinsen auf dem Gesicht, das mich dahinschmelzen ließ. Aber mein Verstand ließ mich umdrehen und weggehen. Also eigentlich war das der Plan gewesen. Nur leider war Alkohol im Glas und das vertrug ich ja mal gar nicht. In Kombination mit den hohen Schuhen ... Ja, genau ein Schritt und schon lag ich.

Wie peinlich. Allerdings war der Schmerz größer und lenkte mich ab. Und da kam auch schon mein Retter, genau wie in einem billigen Film.

Nur war er sehr bestimmend, als er mich mit sich nahm und meinte, wir müssen das kühlen.

Ehrlich? Hatte ich eine Wahl?

Hinter der Absperrung der Ausstellung gab es scheinbar separate Räume. Schnell fand ich mich in einem solchen wieder und lag auf einem Bett. Er hatte, woher auch immer, einen Eisbeutel und legte ihn auf meinen Knöchel, strich dabei mit seiner Hand über meinen Fuß.

Klar, noch nie was von erogenen Zonen gehört. Dummerweise konnte ich mir ein Stöhnen nicht verkneifen.

»Tut es so weh?«

Ich wurde rot und schüttelte den Kopf. Da war wieder dieses Grinsen auf seinem Gesicht.

Langsam streichelte er weiter. Ging mit seiner Hand meine Beine hoch und schob das Kleid wie aus Versehen hoch.

»Nett von dir, kein Höschen. Gefällt mir.«

Ich wurde wieder rot. Ja, unter diesem Kleid war kein Slip einfach besser. Man würde sonst immer die Abdrücke sehen. Ich konnte ja nicht wissen, dass es hier jemand kontrolliert.

Seine Hände waren inzwischen an meiner Brust angelangt. Und mein Körper, dieser Verräter reagierte darauf. Ich hörte ein leichtes Lachen.

Plötzlich schrie ich auf. Dieser Schuft hatte einen Eiswürfel aus dem Beutel genommen und glitt damit meine Schamlippen entlang.

Kurz setzte jetzt mein Verstand ein. Nebenan eine volle Ausstellung, ihn kannte ich nicht, was tat ich hier eigentlich?

Gerade als ich sagen wollte, er soll aufhören, war eine Hand von ihm auf meinem Mund und die andere ... Oh, die andere war in mir, füllte mich aus und erkundete mich. Gut, Verstand aus und genießen. Er flüsterte mir in mein Ohr, ich soll aufhören zu denken.

Ja genau, ganz einfach.

Die Situation war einfach grotesk.

Ich wusste nicht, wieso ich ihn gewähren ließ. Ich ließ es einfach zu.

Eine Reise in eine mir fremde Welt begann. Ich spürte einfach, dass es richtig war. Manches kann man nicht erklären.

Ich fühlte das Knistern in der Luft. Dann plötzlich legte er mir eine Augenbinde um. Ich wehrte mich ... Ich will sehen, was passiert. Aber er hatte schon meine Arme gepackt und fixierte sie mit Seilen oberhalb meines Kopfes.

Ich dachte noch kurz, dass er das wohl nicht zum ersten Mal tat, dann war auch schon meine Panik da.

Er streichelte mich und beruhigte mich. Er sagte, er hört auf, wenn ich es will.

Mein Verstand schrie sofort Ja ... mein Körper allerdings wand sich vor Lust. Toll, dass beide so im Einklang waren ...

Er wartete ab, wollte sehen, wie ich mich entschied. Was sollte ich sagen, mein Körper gewann und das Spiel begann.

Er fing, an mich auszuziehen. Er wollte mich vollkommen nackt und er ließ jetzt keinen Zweifel aufkommen, dass er ab jetzt bestimmen würde.

Ich war unsicher und verlegen. Er fixierte jetzt auch noch meine Beine. Spreizte sie dabei weit auseinander und band sie angewinkelt am Bett fest. Jetzt konnte ich mich nicht mehr rühren.

Plötzlich spürte ich einen leichten Schmerz. Irgendwas tropfte auf meinen Körper.

Wachs?

Ja genau.

Er wusste, welche Stellen er treffen musste. Seine Hand glitt zu meiner Scham, drang ein und reizte mich zusätzlich. Ich schien zu explodieren. Da hörte er auf. Ich stöhnte auf.

Als ich mich beruhigt hatte, begann er von vorn. Ich spürte, dass ich gleich komme und wieder hörte er auf.

Ich war frustriert und zerrte an den Fesseln. Da tropfte wieder Wachs auf meine Haut. Ich hörte ein Zischen und bekam Angst. Ich wusste genau, was jetzt kommt.

Mit einem Flogger begann er das Wachs von meinem Körper zu schlagen. Brust, Beine, Scham ... Nichts ließ er aus. Ich zerrte stärker, wollte schreien, da hielt er mir den Mund zu.

Der Flogger traf jetzt genau zwischen meine Beine. Ich bäumte mich auf. Die Welle, von der ich überrollt wurde, war gigantisch. Ich flog immer höher und merkte, wie er jetzt in mir war, mich weiter antrieb und sich selber auch. Ich massierte ihn in meinem Inneren und spürte, dass wir beide kommen. Dann wurde mir schwarz vor Augen ...

»Da bist du ja wieder, du warst genial«, waren die ersten Worte, die ich hörte.

Ich lag in seinem Arm. Es fühlte sich so richtig an und doch ... Ja, mein Verstand war zurück.

Aber er nahm mich in den Arm und beruhigte mich. Langsam glitt ich in den Schlaf.

Was für ein verrückter Traum, war am Morgen mein erster Gedanke. Dann öffnete ich die Augen und erschrak. Ich war nicht in meiner Wohnung. Das war kein Traum.

Ich schaute mich um. Auf dem Tisch neben mir stand Frühstück. Ein Brief lag da. Die Skulptur, die mich gestern so fasziniert hatte, stand ebenfalls hier.

Ich nahm eine Erdbeere in den Mund und öffnete den Brief.

Das, was dort stand, sollte mein Leben für immer verändern.

Einige Minuten saß ich auf meinem Bett und hielt einen Brief in der Hand.

Die Ausstellung war jetzt fast eine Woche her und inzwischen wuchs meine Unsicherheit. Was hatte ich da nur getan? Ein völlig Fremder. Wie konnte ich nur. Allerdings ... Es hatte mir echt gefallen. Ich drehte noch durch, das war doch nicht normal. Andererseits was war schon normal? Wir waren schließlich beide erwachsen und ... Ach, was sollte es ...

Der zweite Brief von ihm jetzt in meiner Hand. Nach unserer Nacht hatte er mir einen ans Bett gelegt. Er selber war am Morgen nicht mehr da gewesen. Ein wenig enttäuscht war ich. Doch eigentlich war es gut so, ich konnte mich in Ruhe sammeln und meine Gedanken ordnen. Das Erlebte war einfach phantastisch, aber auch neu und beängstigend.

Sein Brief half mir tatsächlich, mich zu sortieren.

Er war wundervoll, erklärte mir Vieles und zeigte mir sehr deutlich, dass er mehr von mir wollte als nur eine Nacht.

Heute hielt ich einen zweiten Brief in den Händen. Er hatte mir geschrieben, dass er mir eine Woche Zeit lassen würde, über uns nachzudenken. Das war auch gut so. Inzwischen wusste ich, dass er dominant war.

Ja, ich konnte mit dem Begriff etwas anfangen. Er war der Überzeugung, ich könnte zu ihm passen ... Ernsthaft jetzt? War ich ein Gegenstand der passte oder nicht? Nicht alles was in dem Brief stand, fand so meine Zustimmung. Allerdings war ich doch viel zu neugierig, um sein Angebot gänzlich abzulehnen ...

In dem Brief war eine Einladung zu einem Maskenball.

Das war eigentlich gar nichts für mich. Er schrieb, wenn ich käme, sollte mir vorher bewusst sein, dass ich an diesem Abend ihm gehören würde. Ja genau, erst mal gehöre ich mir und dann ... aber natürlich wusste ich, was er meint. Er würde nicht dulden, dass ich widerspreche?

Ok, bei meiner Klappe könnte das schwierig werden. In diesem Moment klopfte es an meiner Tür. Ein Paket. Mein Herz klopfte. Das konnte nur von ihm sein.

Ich legte es auf mein Bett, öffnete es Und hielt den Atem an ... Wow! Das haute mich glatt um. Ein komplettes Outfit! Dessous, Kleid, Schuhe, Schmuck und eine Maske ... Sowas von cool! ... Ich rannte ins Bad.

Unter der Dusche: Hallo, mein Verstand funktionierte wieder. Der erste Gedanke war, das ist wie bezahlt werden. Billig! Das geht nicht. Mein zweiter Gedanke war, ein Geschenk ist doch in Ordnung. Na klar, nach nur einer Nacht, rede dir das ruhig ein.

Die Gedanken an diese eine Nacht ließen meinen Körper allerdings vibrieren. Ich sagte ja, der war ein gemeiner Verräter. Wie sollte man da rational denken?

Meine Hände machten sich selbstständig, fuhren meinen Körper entlang, während das Wasser der Dusche über mich lief.

Ein leichtes Stöhnen kam über meine Lippen, als ich meine Scham erreichte. Ich verwöhnte meinen Kitzler und mit dem Bild von ihm in meinem Kopf, kam ich fast augenblicklich. Und das heftig. Aber die Erregung war immer noch vorhanden.

Ich stellte mir vor, wie er mich in Besitz nahm. Ich spürte Fesseln um meine Hände. Diese wurden oberhalb meines Kopfes fixiert.

Mein Kopfkino lief jetzt auf Hochtouren. Gut, dass ich immer einen netten Vibrator im Bad zu liegen habe. Ich griff nach dem Teil und glitt damit durch meine Schamlippen. Dann stieß ich zu und stellte mir vor, wie er vor mir stehen und mir jetzt zusehen würde.

Ich bewegte den Vib immer schneller, zog ihn heraus und steckte ihn in meinen Mund. Ich schmeckte meinen eigenen Saft. Ich glitt wieder nach unten, stellte die höchste Stufe ein und verwöhnte meine Klit. Dann kurz bevor ich kam, stieß ich wieder in mich hinein. Der Orgasmus überrollte mich! Mein Atem ging schwer und die Erregung flaute langsam ab ... Ich blieb einen Moment so stehen und genoss das Gefühl und das Wasser auf meiner Haut.

Ich hatte schon verloren, das war mir durchaus bewusst. In dem Moment, wo ich aus der Dusche kam, wusste ich das. Ich würde zu diesem Ball gehen und würde mich auf sein Spiel einlassen.

Ich nahm die Sachen vom Bett und kleidete mich an. Er hatte Schwarz gewählt. Eine Korsage mit Strümpfen und den dazu passenden Slip mit einem Schild versehen:

Mich kannst du tragen, oder auch nicht. Deine Entscheidung!

Allerdings war dieses Teil viel zu schön, um nicht getragen zu werden.

Und erst das Kleid! Der Stoff schmeichelte meiner Haut. Ich schaue in den Spiegel: Ja, es gefiel mir.

Zum Schluss noch den Schmuck. Ich musste grinsen: Ohrringe und Armband, an denen kleine Handschellen hingen. Das Ganze in Silber. Zum Glück, denn Gold trug ich nicht gern.

Jetzt noch in die Schuhe. Hoffentlich würde ich in denen laufen können. Aber das funktionierte erstaunlich gut. Noch ein Blick in den Spiegel, dann musste ich auch schon los.

Vor der Tür stand er und wartete. Sein Blick war unbeschreiblich, war ja klar. Ich fühlte mich unsicher, aber da sah ich sein Lächeln.

»Ja, so wollte ich dich. Wir werden einen schönen Abend zusammen haben.«

Er zog mich an sich an und er küsste mich. Und wie er mich küsste. Meine Knie gaben schon wieder nach. Ich lag einfach in seinen Armen.

Wir saßen im Auto und ich genoss es, neben ihm zu sein. Diesmal ergriff ich die Initiative.

Meine Hände streichelten langsam über seine Brust, glitten zum Reißverschluss seiner Hose herunter und öffneten ihn. Ich griff nach seinem Schwanz und massierte ihn leicht. Ich beugte mich vor und streifte mit der Zunge seine empfindliche Spitze. Ich hörte, wie sich seine Atmung beschleunigte und nahm ihn ganz in meinem Mund auf. Er griff in meine Haare, wollte das Tempo und die Härte der Stöße bestimmen. Aber ich lasse das diesmal nicht zu. Ich wollte ihn dazu bringen, in mir zu kommen.

Ich suchte den richtigen Rhythmus, spürte das Zucken in mir und wusste, dass es nicht mehr lange dauern würde. Dann ergoss er sich auch schon in mir. Und ich schluckte, zum ersten Mal in meinem Leben. Es erregte mich unsagbar. Ich wurde davon völlig überrannt.

Ich leckte ihn sauber, verpackte alles wieder ordentlich und richtete unsere Kleidung. Er nahm mein Kinn in die Hand und zwang mich, ihn anzusehen.

»Es war toll und ich danke dir. Aber meine Süße, du hattest keine Erlaubnis dafür. Das wird Konsequenzen haben.«

Die Art, wie er mich dabei ansah und seine Stimme, ließen mich erschaudern.

In diesem Moment kamen wir an unserem Ziel an und verließen den Wagen. Er nahm mich kurz in den Arm, gab mir einen Kuss und meinte dann: »Lass uns das Abenteuer genießen.«

Ich hoffte, dass ich das auch würde …

Das Gebäude vor dem wir standen, war ja schon beeindruckend, allerdings aus irgendeinem Grund auch angsteinflößend. Ich fühlte Panik aufsteigen.

Er nahm mich fester in den Arm, hielt mich, drehte mich mit dem Gesicht zu ihm und schaute mich an.

»Egal was wir gleich erleben werden: Du kannst immer Stop sagen und wir hören auf.«

Beruhigte mich der Satz? Irgendwie nicht … Ich hatte ein ganz komisches Gefühl.

Das alte Fabrikgebäude war im Inneren echt edel. Eine Art Club scheinbar. Einer dieser gewissen Sorte, die ich von allein nicht betreten hätte. Seine Nähe und die Maske verliehen mir im Moment noch so etwas wie Selbstbewusstsein. Mal sehen wie lange noch, murmelte mein Unterbewusstsein.

Wir standen nun in einer riesigen Halle, die einfach nur wundervoll war. Dunkelrot war der bestimmende Farbton. Es haute mich fast um, überall standen Skulpturen wie die aus der Ausstellung. Er sah mich an und lächelte.

»Sie gefallen dir?«

Ich nickte nur, so beeindruckt war ich von diesem Anblick. Das Licht der Kerzen, die überall im Raum standen, verstärkten den Eindruck. Zu gern hätte ich den Künstler einmal kennengelernt ...

Oh nein, hatte ich das schon wieder laut gesagt?

Er grinste mich an. »Warum fragst du mich nicht einfach nach meinem Namen?« Nach seinem Namen?

Ok. Das hätte ich nach unserer Nacht wahrscheinlich tatsächlich mal tun sollen, aber ... Musste ich jetzt verstehen, was er meinte? Na dann: »Mein Name ist Cat. Darf ich wissen, wie du heißt?«

Ich setzte dabei ein unschuldiges Lächeln auf. Und wartete. Er nahm lächelnd meine Hand.

»Ich bin Tim. Die Skulpturen gehören mir.«

Was sagte er da? Er hatte die alle gekauft? Wer zum Teufel war er denn?

»Cat, es sind meine. Ich erschaffe sie.«

So, jetzt arbeitete mein Kopf auf Vollgas. Er war der Künstler ... Oh mein Gott ...

Sein Grinsen war sowas von verführerisch, dass ich einfach dahinschmolz.

»Und Cat, das hier ist mein Club. Ich betreibe ihn gemeinsam mit meinem besten Freund. Du wirst ihn sicher noch kennenlernen.«

Warum fuhr mir bei diesem Satz ein Schauer über den Rücken und das komische Bauchgefühl war wieder da?

Er schaute mich fragend an.

»Alles gut! Du weißt noch: Sag Stop und ich bringe dich nach Hause.«

Ich nickte, bestimmt nur die Aufregung.

Er nahm mich an seine Hand und führte mich herum. Noch war wenig los.

Er ging mit mir in den ersten Raum. Ich blieb im Türrahmen stehen.

Was sollte das sein?

Ein Folterkeller?

In der Mitte stand ein Käfig. Da drin eine junge Frau in Ketten. Um sie herum drei Männer. Ihre Erregung war deutlich zu sehen. Mich verstörte dieses Bild. Ich wollte hier raus.

Tim bemerkte meine Reaktion und zog mich aus dem Zimmer.

»Zu heftig?«

Ich nickte und schon war ich im nächsten Zimmer und das war einfach nur … Unbeschreiblich geil!

In der Mitte des Raumes stand ein Bett. Die vier Säulen des Bettes waren Skulpturen. Abbilder von Liebenden. Ein riesengroßes Fenster erlaubte den Blick auf einen Rosengarten. Verschiedene Rottöne leuchteten mir von draußen entgegen. Neben dem Bett zwei silberfarbene Kerzenleuchter, fast so groß wie ich. Dadurch war das Licht einfach verzaubert.

Oh, ich liebte diesen Raum!

»Ich wusste, dass es dir gefällt. Schließe deine Augen und lass mich dich entführen. Bitte lass dich darauf ein.«

Er brauchte mich nicht wirklich zu überreden. In diesem Moment fühlte ich mich sicher. Und natürlich wollte ich ihn. Nach dem kurzen Intermezzo im Auto war ich viel zu erregt, so dass ich dieses Angebot nicht ablehnte.

Ich schloss also meine Augen und spürte, wie er mich auf das Bett legte. Mit Tüchern fesselte er meine Arme und Beine an die Bettpfosten, streichelte meinen Körper und war plötzlich verschwunden. In Panik wollte ich die Augen öffnen.

»Untersteh dich zu schauen! Oder möchtest du von mir bestraft werden?«

Ich erschrak über seinen Tonfall und wollte etwas sagen, überlege es mir aber anders und schüttelte nur meinen Kopf.

»Braves Mädchen.«

Ok, ich lag hier und konnte mich nicht bewegen. Aber was hatte er vor?

Ich hörte leise Musik. Keine Ahnung welche, ich kannte sie nicht.

Dann spürte ich wieder seine Nähe. Und ... Ah, eine Feder also. Er fuhr damit über meinen Körper, reizte mich. Meine erogenste Zone ließ er netterweise aus.

Ich stöhnte auf. Aber er ließ sich Zeit. Dann spürte ich seine Hand zwischen meinen Beinen und ... Oh, was tat er? Das musste ein Vibroei sein. Und schon hatte ich es in mir. Er änderte ständig die Intensität und ich war inzwischen extrem gereizt.

Irgendwas Kaltes fuhr jetzt durch meine Schamlippen. Schon lief ich vor Erregung aus. Da steckte auch schon ein Plug in mir. Ich schrie kurz auf. Das Gefühl war erstmal nur Schmerz. Aber er rieb meinen Kitzler und lenkte mich vom Schmerz ab. Dann spürte ich seine Zunge da. Sie drang in mich ein. Dieses Gefühl so ausgefüllt von ihm geleckt zu werden, war unbeschreiblich.

Ich steuerte auf einen Höhepunkt zu. Er erhöhte die Geschwindigkeit des Vibroeis und ... Oh nein, auch der Plug begann in mir zu vibrieren! Das war zu viel! Ich kam und schrie meinen Orgasmus heraus. Meine Fesseln hielten mich und ich ließ mich einfach fallen, versuchte zu Atem zu kommen. Er gönnte mir aber keine Pause. Da war plötzlich ein Vibrator an meinem Kitzler. Und ehrlich, so einen kannte ich nicht. Ich war gerade gekommen und fast Sekunden später überrollte mich bereits die nächste Welle.

Er ließ mir jetzt einen Moment Zeit, dann merkte ich seine Finger in mir. Er verteilte ein Gel auf und in mir.

Ein Brennen setzte ein. Ich zerrte jetzt an meinen Fesseln, wollte los. Das Brennen wurde immer stärker. Hilfe, was war das?

Ich wollte schreien, aber da hatte ich schon einen Knebel im Mund. Und dann schienen Plug, Vibroei und Vibrator auf höchster Stufe zu laufen. Das hielt ich nicht aus. Das Brennen machte mich wahnsinnig. Ich hob einfach ab und schwebte in einem Zustand, den ich noch nie erlebt hatte. Ich weiß nicht, wie oft ich kam, irgendwann wurde mir schwarz vor den Augen.

Ich schlug meine Augen auf und lag in einer Badewanne, gemeinsam mit Tim.

»Da bist du ja wieder.«

Ja, da war ich wieder und ich fühlte mich einfach fantastisch. Geschafft, ja sicher … aber auch extrem befriedigt.

Er holte mich aus der Wanne und wickelte mich in ein großes Tuch. Für eine Weile lagen wir eng aneinander auf diesem Bett. Nur eigentlich hätten wir auf den Ball gemusst, der sicher schon längst begonnen hatte.

Ich zog mich an und wir verließen den Raum. Hätte ich gewusst, was mich erwartete, wahrscheinlich wäre ich einfach hier drin geblieben …

Inzwischen war der Club gut gefüllt. Ich fühlte mich ein wenig verloren. So viele Menschen, das mochte ich doch eigentlich nicht.

Aber Tim stellte mich Einigen vor, so dass ich relativ schnell Gesprächspartner gefunden hatte. Durch meine Fotografie und den hier stehenden Kunstobjekten gab es ein großes Spektrum an Themen. Meine Unsicherheit verschwand langsam. Wenn da nicht immer noch dieses seltsame Gefühl in mir gewesen wäre …

Genau in diesen Moment stellte mir Tim seinen Freund und Partner vor.

Er kam einen Schritt auf mich zu, aber ich wich zurück. Ich konnte nicht erklären warum. Er sah mich an, hob leicht die Augenbraue hoch und mein Gefühl verstärkte sich. Da zog Tim mich auch schon weiter, denn die offizielle Eröffnung des Balls stand jetzt an.

Er wünschte allen einen schönen Abend, erklärte kurz, welche Regeln einzuhalten waren und dann erklang auch schon Musik. Wir eröffneten die Tanzfläche. Nun tanzen konnte ich nicht wirklich. Er dafür umso besser und ich fühlte mich unglaublich in seinem Arm. So sicher. So frei.

Ich genoss es, so nah bei ihm zu sein. Ich spürte, wie er Besitz von mir ergriff.

Die Tanzfläche war inzwischen gut gefüllt. Die Art der Musik und das Kerzenlicht gaben dem Ganzen eine sehr sinnliche Stimmung.

Ich fühlte, wie seine Hand unter mein Kleid glitt. Das konnte er doch nicht tun!

»Leise! Oder willst du, dass jemand etwas bemerkt?«

Mit einem Grinsen sah er mich an.

Ich konzentrierte mich darauf, dass kein Laut über meine Lippen kam. Oh man, war das ... Ja was eigentlich?

Seine Finger sind jetzt in mir. Er wusste genau, wie er mich auf Touren bekam. Ich hingegen wusste nicht, ob ich bei einem Orgasmus leise sein könnte, denn das war ich noch nie. Aber jetzt blieb mir wohl nichts anderes übrig. Die Welle kam einfach. Mein ganzer Körper erzitterte unter diesem Orgasmus. Doch er hielt mich fest in seinem Arm. Ich schaute mich ängstlich um, aber tatsächlich nahm niemand Notiz von dem, was wir gerade getan hatten.

Ich funkelte ihn trotzdem böse mit den Augen an. Ohoh, sein Blick verhieß nichts Gutes.

»Möchtest du dich etwa beschweren?«

Hmmm ... mein Verstand ja, aber ich schüttelte mal lieber den Kopf. Sicher ist sicher. Dachte ich ...

»Du hast mich gerade angelogen, kann das sein? Du musst lernen mir genau zu sagen, was für dich in Ordnung ist und was nicht. Ehrlichkeit ist dabei einfach unablässig. Ich werde zwar gegebenenfalls deine Grenzen auch mal erweitern. Aber bei mir bist du immer in Sicherheit.«

Ja, was sollte ich jetzt darauf sagen? Er hatte ja recht. Ich wusste das schon und eigentlich war es auch aufregend. Hier so vor allen. So sagte ich es ihm auch. Sein Lächeln belohnte mich und natürlich der Kuss, den ich bekam.

Er brachte mich in eins der Zimmer, damit ich mich frisch machen konnte.

Ich stand im Bad vor einem großen Spiegel und schaute mich an. Ich sah glücklich aus. Er machte mich glücklich. Und das nach so kurzer Zeit. Ich schüttelte den Kopf und betrat das Zimmer.

Dort stand aber nicht Tim. Sein sogenannter bester Freund stand da und hatte ein überhebliches Grinsen auf dem Gesicht.

Mir war plötzlich kalt und mein Fluchtinstinkt setzte ein. Nur kam ich nicht an ihm vorbei.

»Ach Süße, hat Tim dir etwa nicht gesagt, dass wir uns alles teilen? Jetzt bin ich dran. In diesem Raum gehörst du mir. Er hat dich extra für mich hergebracht.«

Was? Auf keinen Fall! Was bin ich denn? Eine Ware, ein Gegenstand? Ich sagte ihm das und versuchte dabei souverän zu klingen, obwohl mir gerade ganz anders war. Ich sagte ihm auch, dass ich das Recht hätte, jedes Spiel zu beenden und das hiermit tun würde.

Er lachte nur.

»Du glaubst wirklich, mich interessiert das?«

Er kam auf mich zu und ich wich ihm aus. Er griff meinen Arm, bekam ihn zu fassen und drehte ihn auf meinen Rücken. Ich verfiel in eine Art Schockstarre. Mein Verstand versuchte, eine Lösung zu finden, während der Typ mir unter das Kleid fasste.

»Schön feucht bist du ja schon, allerdings will ich dich da sowieso nicht nehmen. Deinen Hintern finde ich viel interessanter. Ich denke, du hättest so auch viel mehr Spaß.«

Mein Verstand verarbeitete, was er da gesagt hatte und nein das konnte ich nicht zulassen. Ich musste mich wehren. Jetzt.

Hätte ich mal meinen Kurs in Selbstverteidigung nicht abgebrochen, dann hätte ich mir jetzt zu helfen gewusst. Da kam mir eine Idee. Für einen Moment ließ ich ihn gewähren. Er konzentrierte sich darauf, seine Finger in mich gleiten zu lassen. So angeekelt ich auch gerade war, es hielt mich nicht davon ab die Vase hinter mir zu greifen und über seinen Kopf zu ziehen. Er stöhnte kurz auf und sackte zu Boden.

Ich rannte aus dem Zimmer. Es war mir egal, wie er da lag. Es war mir egal, wie ich gerade aussah. Ich rannte einfach. Raus aus diesem Haus. Wohin war mir gleich. Nur weg ... So schnell und weit wie möglich.

Hinter mir hörte ich Tim. Er rief und in seiner Stimme hörte ich ... ja was?

Sorge, Verwunderung, Angst?

Ist war alles egal. Ich rannte weiter. Er war es schließlich, der mich für seinen Freund in das Zimmer gebracht hatte. Er hatte mich verraten. Tränen liefen über mein Gesicht und ich rannte weiter ...

Drei Wochen waren inzwischen vergangenen. Ich konnte nicht richtig schlafen, nicht richtig essen.

Tim hatte in der ersten Woche immer wieder probiert Kontakt zu mir aufzunehmen. Ich wollte nicht, nein ich konnte einfach nicht. Ich fühlte mich verraten und benutzt. Billig.

Zwei Wochen versuchte er nichts mehr, keine Anrufe, keine Mails, keine Briefe, nichts. Obwohl ich genau das wollte, war ich unendlich traurig. Er fehlte mir. Mein Verstand sagte zwar, ich kannte ihn doch kaum, ja aber ... mein Bauchgefühl sah das mal wieder ganz anders.

Und dann hielt ich wieder eine Einladung in der Hand. Wieder eine Ausstellung auf der ich die Fotos machen sollte. Am liebsten hätte ich abgelehnt, nur leider: Job war eben Job und diese blöden Rechnungen wollten auch bezahlt sein. Außerdem wie hoch war in dieser riesigen Stadt schon die Wahrscheinlichkeit ihm dort zu begegnen? Ja wie hoch war die wohl …

Der Tag der Ausstellung. Mal wieder das Problem: was sollte ich anziehen?

Das kleine Schwarze? Oh nein, ganz sicher diesmal nicht.

Kleider waren für mich erst mal tabu.

Also schwarze Hose und schwarzes Oberteil. Noch einen Blick in den Spiegel, ja, das war ganz ok so.

Unten wartete schon das Taxi, denn mit meiner Fotoausrüstung wollte ich nicht die öffentlichen Verkehrsmittel nutzen.

Zum Glück war die Strecke nicht allzu lang, denn Taxifahren war für mich Luxus und eigentlich konnte ich mir den gerade nicht leisten.

Aber was sollte es. Der Taxifahrer half mir mit meiner Ausrüstung. Er war auch sonst ein Netter und kannte sich noch dazu mit Fotografie aus. So war es eine sehr angenehme Fahrt gewesen.

Mein erster Gedanke beim Anblick des Gebäudes vor dem ich stand: Wegrennen. Und das ganz, ganz schnell. Eine alte Fabrik, das waren nicht unbedingt die besten Erinnerungen.

Los Cat, einmal tief durchatmen und nicht in Panik verfallen.

Ja genau, Verstand. Mein Unterbewusstsein rannte schon mal.

Allerdings brauchte ich die Fotos, Auftrag war Auftrag.

Ich näherte mich dem Eingang und betrat den Saal. Ja, das musste man wohl Saal nennen. So alt und verfallen das Gebäude von außen aussah, so modern war es zu meinem Erstaunen von innen.

Alles in schwarz und weiß. Ich liebte diese Kombination. Gedämpftes Licht hinter den Bildern, die an den Wänden hingen. Und leise Musik von einem Flügel, der mitten im Raum stand. So wundervoll gespielt, dass ich davon tief berührt war.

Ich stand wohl gute fünf Minuten in der Eingangstür, da tippte mir jemand auf die Schulter. Ich erschrak und drehte mich um.

»Wir würden auch gern reinkommen«, sagte eine bildschöne Blondine.

Nur hörte ich das fast nicht mehr, denn neben der Person, die ich jetzt schon nicht mehr so schön fand, neben dieser Person stand Tim.

Ich war wie versteinert. Das Schicksal hatte doch wohl einen totalen Knall. Was sollte das denn?

Ich bemühte mich, die Fassung zu bewahren und ging einen Schritt zur Seite. Die Blondine nahm Tims Hand und zog ihn einfach mit sich. Er sah mich kurz an, wollte etwas sagen, aber schüttelte den Kopf und ging einfach mit.

Ich wäre am liebsten weggerannt, ganz schnell und ganz weit. Genau das ging aber nun mal leider nicht. Mein Herz schien gerade einen Heulkrampf zu haben. Er hatte mich einfach ignoriert ... Aber gut, Schwäche zeigen war keine Option. Das schönste Lächeln aufgesetzt, einmal kräftig geschüttelt und rein in das Getümmel.

Der Saal war schon recht voll. Im Augenblick sammelten sich alle vor dem Flügel. Ich wollte ein paar Bilder von dem Pianisten machen, zumal mir die Musik wirklich sehr gefiel.

Also versuchte ich näher ranzukommen. Nach ein paar freundlichen Worten hatte ich auch meinen Platz gefunden. Und stand direkt neben Tim. Na prima.

Cool bleiben und auf die Fotos konzentrieren.

Ja genau, Verstand. Unterbewusstsein lässt sich auch einfach ausschalten.

Mein Blick ging immer wieder zu Tim. Verdammt, mein Körper reagierte auf ihn.

Aber er sah mich nicht einmal an. Ok, das tat echt weh.

Ich konzentrierte mich auf meine Arbeit. Der Pianist war echt genial. Und er sah toll aus. Das würden sicher ein paar gute Fotos werde. Bei dem Gedanken bemerkte ich, dass er gerade direkt in meine Kamera schaute und lächelte. Genial. Knopf gedrückt und den Augenblick eingefangen. Danach noch ein paar andere Gäste abgelichtet und natürlich die Gemälde an der Wand.

Faszination erfasste mich da. Alle Bilder waren in schwarz-weiß und hatten immer einen einzigen roten Akzent. Sie waren alle erotisch, ohne dabei billig zu wirken. Vor einem blieb ich eine Weile stehen. Es nannte sich, ja na klar: die Liebenden, genau wie die Skulptur von Tim. Das musste ein Witz sein. Trotzdem hielt mich das Bild gefangen. Dann sah ich warum. Das Bett, auf dem das Paar lag, kannte ich. Verdammt, es war das

Bett in dem Tim und ich ... das konnte nicht sein!

»Du hast es erkannt!«

Ich hörte die Stimme und sofort wollte ich losrennen. Aber Tim hielt mich fest.

»Cat, wir müssen endlich reden. Bitte!«

Ich schüttelte nur den Kopf. Zu mehr war ich nicht in der Verfassung. Er packte mich am Arm, doch ich wehrte ihn ab. Ich drehte mich um und wollte einfach nur weg, stolperte mal wieder und ... wurde aufgefangen. Der Pianist hielt mich im Arm.

»Alles in Ordnung? Belästigt sie der Herr?«

»Nein, nein, alles gut. Ich war nur etwas ungeschickt. Ich habe es eilig und da bin ich gestolpert.«

Ja genau, diese Lüge kaufte man mir auch ab.

»Sie haben heute hier Fotos gemacht, die würde ich gern sehen. Sie sollen ja sicherlich veröffentlicht werden?«

Ich nickte und da er das Recht hatte, die Bilder vorab zu sehen, ging ich einfach mit ihm mit. Tim ließ ich unbeachtet stehen. Aber ich sah noch seinen Blick und der wirkte ... ja wie? Besorgt? Ach Blödsinn, bildete ich mir sicher nur ein.

Allerdings sollte ich mir angewöhnen auf mein Bauchgefühl zu hören, wie sich noch herausstellen würde ...

Wir betraten einen Raum in dessen Mitte auch ein Flügel stand. Dieses Mal ein Weißer. Der restliche Raum war in dunkelviolett gehalten. An der einen Wand hingen circa zwei Meter hohe Bilder, schwarz-weiße Fotografien und Aktaufnahmen, allerdings waren die Hingucker die roten Seile.

Alle Frauen auf diesen Bildern waren gefesselt. Kunstvoll. Sicherlich. Aber trotzdem fing ich an, mich unwohl zu fühlen, denn mein Blick fiel auf die andere Seite. Dort stand ein schwarzes Kreuz und an der Wand hingen verschiedene Peitschen. Ich wollte nur noch weg. Aber er hielt mich fest.

»He, was hast du denn erlebt, dass du so in Panik verfällst? Wir wollten nur die Fotos auf deiner Kamera anschauen, nichts weiter. Glaubst du wirklich, ich würde dich hier an das Kreuz stellen, wo ich dich gar nicht kenne?«

Ich wusste nicht, was ich ihm antworten sollte. Meine Gedanken waren bei den Peitschen und bei Tim draußen vor dieser Tür. Ich zuckte also nur mit den Schultern.

»Ok, wir gehen hier wieder raus! Wäre der Garten für dich in Ordnung?«

»Ja, in den Garten würde ich gern gehen.«

Ich hoffte, die frische Luft ließe mich wieder klar denken.

Wie wir den Raum verließen suchte mein Blick sofort nach Tim. Ich entdeckte ihn nirgends. Seinen besorgten Ausdruck im Gesicht hatte ich mir wahrscheinlich nur eingebildet. Ach, egal.

Wir gingen in den Garten. Da ich aus Erfahrung gelernt hatte, frage ich diesmal gleich nach dem Namen. Er grinste mich an.

»Ich bin Nick. Darf ich wissen, wer mich da die ganze Zeit fotografiert hat?«

Ups ...

»Natürlich. Ich bin Cat. Eigentlich sollte ich nur von der Ausstellung Fotos machen. Dein Spiel hat mich beeindruckt und ehrlich, Fotos von Fotos zu machen ist nicht so interessant. Ich fotografiere lieber Menschen.«

»Oh, das klingt gut. Ich fotografiere auch lieber Menschen. Ich hoffe, auch wenn du die Bilder nicht fotografieren wolltest, haben dir meine Werke trotzdem gefallen?«

Ich ließ in letzter Zeit scheinbar kein Fettnäpfchen aus. Prima gemacht. Konnte ich ahnen, dass der ausstellende Künstler auch die Musik machte?

Er schaute mich an und erwartete tatsächlich eine Antwort.

»Ich fand sie, wie soll ich sagen, beeindruckend.«

» Und scheinbar angsteinflößend?« Er schien darauf zu warten, was ich dazu sagen würde.

Ich stand da, kaute auf meiner Unterlippe und bekam die richtigen Worte einfach nicht zusammen.

Nick nahm mein Gesicht in die Hand, hob mein Kinn und seine Finger fuhren über meine Lippen. Ich hielt den Atem an.

»Nicht machen«, sagte er und ließ mich wieder los.

Wir setzten uns auf eine Bank unter einer wohl sehr alten Weide. Er nahm mir die Kamera ab und begann, sich die Bilder anzusehen.

Manchmal sah ich ein Lächeln auf seinem Gesicht. Dann wieder schaute er nachdenklich. Ich konnte nicht deuten, was er von den Fotos hielt.

»Komm mal kurz an meine Seite. Ich zeige dir, welche ich nicht veröffentlicht sehen möchte. Ist das in Ordnung für dich?«

Ich dachte, das war es und setzte mich näher zu ihm. Die Fotos, die er nicht möchte, ja gut, die hätte ich wohl auch aussortiert. Er hatte ein gutes Auge auch für kleine Details.

»Einverstanden!«, sagte ich also und schaute ihn dabei an.

Diesmal direkt in seine Augen. Und verdammt, ich hatte mit einem Mal das Gefühl, ich würde in Tims Augen schauen. Ich verlor mich in diesem Blick. Alle Gefühle der letzten Wochen kamen mit einem Schlag hoch. Mir wurde schwindlig und dann schwarz vor den Augen. Mein letzter Gedanke, nicht schon wieder …

Ich wurde wieder wach, benommen zwar, aber ich wusste, was passiert war. Nur war ich nicht mehr im Garten. Ich lag in einem Bett. Ich sah mich im Raum um. Ein heller Raum und schlicht eingerichtet. Ein großes Bett, eine große Kommode, zwei Bilder an der Wand, eindeutig von Nick und dazwischen eine Skulptur. Der Anblick ließ den Schwindel wieder zurückkommen. Die

Skulptur war eindeutig von Tim. Da gab es keine Zweifel.

Und dann hörte ich zwei Männer streiten und ich erkannte beide.

In meinem Kopf begann alles zu kreisen. Tim und Nick mussten im Raum nebenan sein. Sie schienen sich zu kennen. Aber woher? Ich wollte aufstehen und selber nachschauen, aber da hatte ich mich wohl überschätzt. Ich stand auf und schon fiel ich mit einem lauten Knall wieder um. Ich sah noch, wie die Tür aufgerissen wurde und Tim an Nick vorbei auf mich zu stürmt …

Tim! Meine innere Stimme freute sich in meinen Augen viel zu sehr ihn zu sehen. Er hob mich wieder auf das Bett.

»Cat, was tust du nur? Ich muss wohl auf dich aufpassen.«

»Du? Du musst gar nichts mehr für mich tun. Schließlich wolltest du mich ja freundlicherweise mit deinem Partner teilen. Vergiss es und geh einfach. Verschwinde aus meinem Leben. So gut kennen wir uns zum Glück noch nicht.«

Gut, mein Verstand hatte scheinbar Besitz von mir ergriffen. Blöd nur, dass mein Körper sich der Anziehungskraft dieses Mannes nicht entziehen konnte.

»Was hast du angestellt Bruderherz? Das war doch hoffentlich nur ein Witz? Ist eigentlich nicht dein Stil«, hörte ich Nick sagen.

Ein Witz?

Ja, hoffentlich. Hatte er gerade Bruder gesagt?

Oh, bitte nicht … Das konnte doch wohl nicht wahr sein. Daher die Gleichheit der Augen …

Tim schaute mich fragend an, mit einem wirklich erschrockenen Ausdruck im Gesicht.

»Ich wollte bitte was tun? Du warst nicht mehr im Raum, als ich zurückkam. Dann habe ich dich wegrennen sehen und leider nicht mehr eingeholt. Ich dachte es sei dir vielleicht alles zu viel geworden. Meine Spielart ist schließlich neu für dich. Du wolltest danach nicht mit mir reden. Du hast überhaupt nicht mehr reagiert. Aber ich wollte dich so unbedingt. Mir kam die Idee, dass mein reizender Bruder dich als Fotografin einladen könnte. Das hat auch funktioniert, aber du warst so reserviert und bist dann auch noch mit Nick auf sein Zimmer gegangen.«

Moment, so schnell konnte niemand denken. Ich auf keinen Fall. Im Moment schon gar nicht.

»Ich habe dich ignoriert! Du kommst da mit einer Blondine an, Beine bis zum Himmel und ich habe dich ignoriert?«

Oh, ich fasste es nicht! Schon gar nicht, warum beide jetzt laut loslachten.

»Macht euch ruhig lustig über mich. Ihr seid beide nicht normal. Ich hasse eure Spielchen.«

Toll, sie lachten noch mehr.

»Mensch Brüderchen, die Kleine ist echt eifersüchtig. So egal scheinst du ihr gar nicht zu sein.«

Nick grinste bei dieser Bemerkung über das ganze Gesicht.

Tim hingegen schien um Fassung bemüht.

»Ach Süße, vielleicht sollten wir es endlich mal mit Reden probieren. Die Blondine, wie du sie nennst, ist unsere kleine Schwester.«

Wieviel Geschwister würden da denn noch kommen?

Tim schien meine Gedanken zu erraten.

»Wir sind nur drei.«

Gut, ganz langsam arbeitete mein Verstand wieder in normalen Bahnen.

»Ich lass euch dann mal allein.«

Mit diesen Worten war Nick auch schon verschwunden. Ich schaute ihm hinterher.

»Muss ich auf meinen Bruder eifersüchtig sein?«

Ups. Erwischt.

»Nein, musst du nicht.«

»Ich habe dich vermisst. Ich dachte schon, du redest nie wieder mit mir. Dabei wusste ich nicht einmal wieso. Erzähl mir die ganze Geschichte nochmal. Ich bin nicht sicher, alles verstanden zu haben.«

Mir lag so viel daran, ihn nicht wieder zu verlieren, dass ich ihm erzählte, was sein Freund damals getan hatte und vor allem wie ich mich dabei gefühlt habe. So entsetzlich billig.

Er nahm mich in den Arm.

»Ich werde das klären.«

»Versprochen?«

Er streichelte sanft meinen Körper. Und dieser Verräter reagierte natürlich augenblicklich auf diese Berührung. War ja klar.

Aber erstmal wollte er wissen, warum ich umgekippt war.

Ja, gute Frage. Wollte der jetzt echt wissen, wann ich das letzte Mal etwas gegessen habe? Wo mein Körper sich gerade an ihn schmiegte ...

Von meiner Antwort sehr erfreut - Ironie wieder aus - war er auch schon raus aus dem Zimmer.

Ich nutzte diesen Moment, um einmal kurz durchzuatmen und zu überlegen, was hier gerade passierte. War es möglich, dass ich doch meinem Herzen folgen könnte? Ja, das hatte ich in der Kürze der Zeit schon längst an ihn verloren. Auch wenn ich es mir nicht eingestehen wollte.

Da betrat er wieder den Raum und mir war klar, dass ich verloren war.

Er hatte natürlich was zu essen für mich besorgt und ließ es sich nicht nehmen, mich mit all den Köstlichkeiten zu füttern. Mir gefiel seine Fürsorge. Natürlich ... Und dabei blieb es auch nicht ...

Seine Hände berührten meinen Körper. Sein Blick war fragend. Er wollte, dass ich es auch wirklich wollte und wusste nicht, ob ich schon bereit dafür war.

»Wir haben Zeit Cat. Du warst ohnmächtig. Damit ist nicht zu spaßen.«

Ich setzte meinen Schmollmund ein und ein Blick zum Steine erweichen.

Aber Tim war nicht so einfach zu überzeugen. Wenn ich jetzt Sex haben wollte, und wie ich das wollte, musste ich mir was einfallen lassen. Er musste sehen, dass ich wirklich fit war und vor allem das ich wusste, was ich da tat.

Einen Augenblick überlegte ich. Dann kam mir eine, zumindest in meinen Augen, geniale Idee. Ich hatte vorhin schon die Anlage auf der Kommode entdeckt. Und da Nick Klavier spielte, ging ich davon aus, dass vernünftige Musik gespeichert war. Vielleicht etwas Klassik, im besten Fall sogar ein schöner Tango? Ich stand also langsam auf und bewegte mich auf die Anlage zu.

Ravel ... Yes ... genau das, was ich brauchte. Also dann Musik an. Leise natürlich.

Ich stand genau vor Tim, fixierte ihn mit den Augen und leckte über meine Lippen. Kein Kauen auf der Unterlippe diesmal.

Langsam bewegte ich mich zu der Musik. Er setzte sich bequem auf das Bett und wartete ab, was ich jetzt vorhaben würde.

Ich tanzte. Ich tanzte nur für ihn, schloss die Augen und vergaß die Welt.

Ich öffnete mein Kleid und ließ es über meine Schultern gleiten. Langsam rutschte es meinen Körper hinunter. Danach öffnete ich die Korsage, die ich darunter trug. Ich hörte Tim schlucken. Meine Taktik schien anzukommen.

Ich stand jetzt vor ihm, nur noch in Slip und Strümpfen und bewegte mich zum Takt der Musik.

Er kam langsam auf mich zu und hauchte mir einen Kuss in den Nacken, ließ seine Fingerkuppen genüsslich über meine Haut gleiten.

Ich erschauderte unter seiner Berührung und fing an, alles was in den letzten Wochen passiert war einfach aus meinen Gedanken zu streichen.

Er wusste genau, was er da tat und ich ließ es einfach geschehen.

Tim zog mich auf das Bett und sah mir in die Augen.

»Du bist dir sicher, dass du das jetzt willst, Cat? Du weißt, wenn dann spielen wir hier nach meinen Regeln.«

Ich musste schlucken. Wollte ich das wirklich? Mein Körper hatte sich schon längst entschieden. Nur mein Verstand kämpfte noch dagegen an.

Aber ich nickte. Er schaute mich an.

»Ich will hören, was du möchtest. Nicken reicht mir nicht.«

Na prima, weil ich so gern redete. Aber meine Sehnsucht, ihn zu spüren, war so übermächtig.

»Ich möchte es, ich möchte dich. Und ja, ich weiß, dass wir nach deinen Regeln spielen werden.«

»Braves Mädchen. Dann werden wir dich mal etwas belohnen und in Stimmung bringen.«

Mich in Stimmung bringen? Noch mehr in Stimmung hätte ich gar nicht sein können.

Da hatte ich Tim allerdings mal wieder unterschätzt.

Er legte mich auf das Bett und verband mir die Augen, flüsterte mir in mein Ohr, dass ich stillhalten sollte, nur fühlen, nichts denken.

Stillhalten war leicht gesagt. Ich spürte seine Hände auf meiner Haut. Er musste ein Öl aufgetragen haben, Rosenduft hüllte mich ein und seine Finger glitten über meinen Rücken. Eine Massage ... und was für eine. Keine Stelle ließ er aus. Zwischen meinen Beinen ließ er sich besonders viel Zeit.

Seine Fingerkuppen glitten durch meine Scham, drangen in mich ein und massierten mich von innen. Ich konnte ein Stöhnen nicht unterdrücken.

»Es gefällt dir scheinbar.«

Was für eine Frage ...

Er intensivierte sein Spiel und ich fühlte die erste Welle der Erregung auf mich zukommen. Da hörte er auf. Ich wollte mich beschweren und genau in diesem Moment drang er in mich ein. Er nahm mich in seinen Besitz und flüsterte in mein Ohr: »Komm jetzt mit mir zusammen.«

Ich konnte es gar nicht verhindern. Ich explodierte förmlich und merkte, wie auch er kam.

Erschöpft sank ich zusammen und wurde von seinen Armen gehalten. Mir fielen die

Augen zu, die Müdigkeit ließ sich nicht aufhalten. Ich hatte Angst, wenn ich aufwache, würde vielleicht alles nur ein schöner Traum gewesen sein ...

Die Sonne kitzelte meine Nase. Ich wusste nicht, wie lange ich geschlafen hatte. Wo war ich überhaupt?

Ich schreckte hoch. Tim! War es wirklich Realität? War es vielleicht doch nur ein Traum?

Da stand er vor mir, brachte mir doch tatsächlich Frühstück. Ich schüttelte den Kopf, ich konnte jetzt nichts essen.

Doch da hatte ich nicht mit seiner Dominanz gerechnet. Ich musste essen, wenigstens etwas Obst. Na gut ich wollte ihn nicht verärgern. Und Erdbeeren liebte ich, mit etwas Milch war es für mich ausreichend als Frühstück.

Ich kuschelte mich an ihn, musste ihn spüren und mich vergewissern, dass er real war. Er streichelte meinen Körper, küsste meinen Hals. Er spürte, wie sehr ich seine Nähe genoss.

Ich wäre am liebsten mit ihm für immer so liegen geblieben, aber es gab so Vieles zu besprechen. Und ich musste dringend ins Bad. Eine Dusche war jetzt wohl angebracht.

Ich gab Tim einen Kuss und bewegte mich in Richtung Bad. Er schaute mir hinterher ... Oh, dieser Blick.

Ich stellte mich unter die Dusche. So eine große Dusche mit diesem ganzen Schnickschnack kannte ich nur aus Filmen und ich kam mir etwas verloren vor.

Aber da stand Tim auch schon mit in der Dusche. Er nahm das Duschbad in die Hand, es roch einfach himmlisch, verteilte es in seinen Händen und fing an, mich am ganzen Körper einzuseifen. Was für ein Gefühl. Er ließ keine Stelle meines Körpers aus. Ich stöhnte auf, denn inzwischen war er zwischen meinen Beinen angekommen. Ein leichtes Brennen spürte ich. Die letzte Nacht hatte wohl Spuren hinterlassen. Er bemerkte es, leider.

»Wir werden dich wohl erst mal schonen müssen, mein Liebling.«

Was? Ich wollte gar nicht geschont werden! Klar tat es ein bisschen weh, nur war mir das völlig egal. So einfach ließ ich ihn nicht davonkommen. Auf gar keinen Fall.

Planänderung. Ich ging auf die Knie, meine Hände fanden sofort ihren Platz. Hielten sein bestes Stück fest und fingen an, ihn zu massieren.

Tim lehnte sich gegen die Duschwand. Er genoss es und ich auch. Mein Mund berührte jetzt seine Spitze, ganz vorsichtig umkreiste meine Zunge sie und leckte die ersten Tropfen ab. Aber ich wollte mehr, ich wollte ihn schmecken. Ich brauchte das jetzt.

Also fing ich an zu saugen und ließ meine Zunge auf und ab gleiten. Ich spürte das Zucken in mir und meine eine Hand griff zwischen meine Beine. Ich heizte mich selber an. Fuhr immer wieder zwischen meine Schamlippen, während ich die Geschwindigkeit meines Mundes erhöhte. Tim kam in mir und noch während ich alles in mir aufnahm, kam auch ich.

Er glitt zu mir auf den Boden der Dusche. Das Wasser prasselte auf unsere Körper. Tim nahm mich in seinen Arm.

»Du kleines Biest, so hatte ich das nicht geplant. Eigentlich war Schonen angesagt. Damit hast du dir eine Bestrafung verdient.«

Ich musste schlucken bei diesem Gedanken. Was stellte er sich jetzt wohl vor?

Ich fürchtete, ich würde es gleich erfahren ...

Und so setzte ich meinen unschuldigen Blick auf und hoffte, dass es wirkte. Er lächelte mich an. Ich dachte schon, es hätte funktioniert. Irren ist bekanntlich menschlich.

»Ich vergesse übrigens nie etwas, das kannst du dir merken. Im Moment müssen wir aber Einiges erledigen. Zum Spielen haben wir später noch Zeit.«

Ah ja, was müssen wir denn erledigen, dachte ich mir. Ich wollte lieber hierbleiben. Ich hatte völlig vergessen, dass es sich nicht um eine Wohnung handelte, weder seine noch meine.

»Na erstmal muss ich in meine Firma. Da gibt es jemand, der diese für immer verlassen darf.«

Ich schluckte bei seinen Worten und natürlich registrierte er das.

»Keine Angst, du wirst ihm nicht über den Weg laufen. Vielleicht überlegst du aber, ob du ihn anzeigen möchtest?«

Ich wollte schon den Kopf schütteln, doch Tim sah mich an.

»Nicht jetzt entscheiden. Warte noch ein wenig und denke darüber nach.«

Wahrscheinlich hatte er recht.

»Und dann fahren wir zu dir und holen ein paar von deinen Sachen. Wir werden ein bisschen verreisen und schauen, wie es zwischen uns passt. Uns Zeit nehmen, uns kennenzulernen. Wenn du einverstanden bist?«

Ich war ... Ja was? Natürlich wollte ich das und wer wusste, was wir erleben und was es für uns bedeuten würde?

Niemand kennt schließlich die Zukunft ... Nie.

Unterworfen
im Paradies

Niemand kennt schließlich die Zukunft ... niemals.

Das waren die letzten Gedanken, bevor mich Tim mitnahm. Nicht nur auf eine Reise. Nein, das war deutlich mehr. Mich neu kennenlernen, auf eine Art und Weise, die ich nicht für möglich gehalten hätte.

Wir fuhren zu mir nach Hause, damit ich die nötigsten Sachen packen konnte. Eine Stunde später saß ich auch schon mit ihm in einem Flugzeug. Ich war aufgeregt, denn ich wusste nicht wirklich, wo er mit mir hinwollte.

Eine Überraschung, weil ich Überraschungen ja auch so sehr mochte. Ich rutschte beim Start auf meinem Sitz hin und her. Tim nahm meine Hand.

»Wenn du jetzt nicht endlich stillsitzt, dann weißt du hoffentlich, was nach der Landung auf dich zukommt?«

Wusste ich das?

Ich konnte mir durchaus denken, was er damit meinte. Einen Moment lang überlegte ich, ob ich einfach weitermachen sollte. Vielleicht ein bisschen provokant, aber ich mochte seine Art der Bestrafung.

Da kam von ihm: »Cat, übertreibe es nicht. Nicht immer wirst du die Konsequenzen mögen.«

Das war offensichtlich eine klare Ansage. Ich bemühte mich, so gut es ging still zu sitzen.

Irgendwann schlief ich ein, die Anstrengung der letzten Tage forderte ihren Tribut.

Tims Stimme riss mich aus meinem Traum. Und was für ein Traum. Man schien ihn mir allerdings auch anzusehen. Verdammt, dieses Unterbewusstsein machte doch ständig, was es wollte. Tim grinste mich an.

»Na, was Nettes geträumt? Das wirst du mir gleich erzählen, schließlich hoffe ich doch, dass ich darin vorgekommen bin.«

Oh ja, und wie er darin vorgekommen war. Aber ob ich ihm das tatsächlich erzählen wollte?

Meine innere Stimme sagte mir allerdings bereits, dass ich wohl keine andere Wahl hatte.

Wir verließen unseren Flieger und Wärme schlug mir entgegen.

Am liebsten wäre ich sofort in die Stadt gelaufen, um alles zu erkunden. Allerdings gab es ja so was Lästiges wie den Zoll und da mussten wir durch. Die Abfertigung dauerte ewig und ich war froh, endlich aus dem Flughafen heraus zu sein. Tim lief zu einem Auto, scheinbar hatte er bereits im Vorfeld einen Mietwagen geordert.

Einen Geländewagen, zugegeben nicht meine Art von Auto und es hätte mir zu denken geben sollen. Immerhin waren wir in einer Großstadt. Wozu brauchten wir also ein geländegängiges Fahrzeug?

Das sollte ich allerdings bald erfahren.

Er verstaute unser Gepäck und kam mit einem Grinsen im Gesicht auf mich zu. Er hielt mir etwas in seiner Hand hin.

»Oh nein, nicht sein Ernst! Das Vibroei! Jetzt?«

»Das ist keine Bitte von mir. Ich hoffe, du lernst noch, mich nicht zu provozieren. Und jetzt ab mit dir und komm erst wieder, wenn das Teil an seinem Platz in dir ist.«

Eine Wahl hatte ich also nicht. Ich ging zum Auto zurück und hatte das ungute Gefühl, beobachtet zu werden. Ich drehte mich um, konnte aber niemanden entdecken. Bestimmt bildete ich mir das nur ein. Meine

Sinne waren sicher durch die letzten Tage völlig überreizt. Das dachte ich zumindest.

Tim stand immer noch am Auto und wartete auf mich. Als er mich sah hielt er kurz die Fernbedienung hoch und dann schaltete er sie auch schon an. Ich musste mich beherrschen, mir nichts anmerken zu lassen. Der Parkplatz war voller Menschen. Nett wie er war, hielt er mir die Tür auf, damit ich einsteigen konnte. Kaum dass ich auf meinem Platz saß, schaltete er das Teil dann auch schon hoch. Stillsitzen war mir damit eigentlich nicht mehr möglich, aber genau das verlangte er von mir. Wir fuhren los und ich wusste nicht wohin und natürlich auch nicht wie lange wir fahren würden. Aber das sollte gar nicht mein Hauptproblem werden. Tim sah mich kurz an.

»So Süße, jetzt zieh deinen Slip aus und zieh das Kleid hoch. Beine schön auseinander.«

Das war hoffentlich nicht sein Ernst. Hier im Auto mich so zu zeigen, wo theoretisch jeder, der an uns vorbeifuhr, hineinschauen konnte. Ich zögerte wohl einen Moment zu lange.

»Sofort!«

Und diesmal klang die Stimme ernst. Ich zog also langsam meinen Slip aus und warf ihn auf den Rücksitz, zog das Kleid hoch und öffnete meine Beine.

»Weiter auseinander, ich will dich sehen.«

Ich musste mich überwinden und schaute immer wieder nach draußen. Hoffte einfach, alle wären so mit Fahren beschäftigt, dass sie keine Notiz von mir nahmen. Ich hatte mich gerade etwas an die Situation gewöhnt. Aber damit gab sich Tim natürlich noch nicht zufrieden. Er drehte das Vibroei höher.

Ich merkte, wie meine Erregung stieg. Wie meine Lust mich einfach gefangen nahm. »Und jetzt wirst du es dir selbst machen. Ich will sehen und hören wie du kommst. Und wage nicht, dich zurückzuhalten. Sonst halte ich auf dem nächsten Parkplatz. Mir und meinem Gürtel würde das sicher Spaß machen. Dir vielleicht nicht.«

Ich hatte seine Worte zwar gehört, aber war mir nicht sicher, ob ich das konnte. Ich sah ihn fragend an. Doch sein Blick sagte mir alles. Meine Hand glitt also langsam zwischen meine Schenkel. Durch die ständigen Vibrationen war ich bereits extrem feucht.

Ich fing an, meine Klit mit dem Daumen zu umkreisen und merkte, dass die Situation, die mir so unangenehm war, mich trotzdem völlig anmachte. So würde ich wohl relativ schnell kommen.

»Du wirst jetzt noch nicht kommen. Erst wenn ich es sage.«

Ja genau, weil ich das auch so prima zurückhalten konnte. Schon gar nicht jetzt. Wie war das noch mal, Kopfrechnen lenkt ab? Verdammt, ich konnte nicht mal mehr rechnen. Das Denken musste bei mir völlig ausgesetzt haben. Ich wollte nur noch diesen Höhepunkt und hatte inzwischen völlig vergessen, wo ich mich befand.

Scheinbar wollte Tim genau das damit erreichen. Dass ich aufhörte darüber nachzudenken, sondern ihm einfach vertraute. Und dann spürte ich seine Hand und hörte seine Stimme.

»Komm jetzt für mich und halte nichts zurück.«

Kaum drangen seine Worte zu mir durch, explodierte auch schon alles in mir. Ich hörte mich selbst schreien und mein Körper vibrierte unendlich. Ich war völlig in dieser Spirale der Lust gefangen, da nahm mein Unterbewusstsein etwas aus den

Augenwinkeln wahr. Etwas außerhalb des Fahrzeuges. Ich hatte wieder dieses Gefühl beobachtet zu werden. Ein ganz schlechtes Gefühl kroch in mir hoch. Und dann sah ich etwas wie ein Blitzlicht. Fotografierte da etwa jemand? Schlagartig war ich in der Realität gelandet.

Tim sah mich besorgt an.

»War es zu viel?«

Ich schüttelte den Kopf, fing aber an, am ganzen Körper zu zittern. Tim lenkte das Auto in eine Seitenstraße und hielt an. Zog mich in seinen Arm und versuchte, mich zu beruhigen. Er wartete geduldig, bis ich mich wieder etwas gefangen hatte.

»Was ist passiert? War es zu viel für dich? Cat, rede mit mir.«

Seine Stimme klang besorgt und ich wusste nicht, was ich antworten sollte. Vielleicht hatte ich einfach nur überreagiert. War es eventuell doch einfach nur zu viel gewesen?

Ich erzählte ihm von meinem komischen Gefühl auf dem Flughafen und dass genau dieses Gefühl jetzt auch wieder da war. Dass ich glaubte, gesehen zu haben, dass wir von jemanden fotografiert worden waren. Er hörte sich an, was ich ihm erzählte und nahm mich dabei fest in den Arm.

»Ehrlich Süße, ich glaube nicht, dass du dir das eingebildet hast. Ich denke, deine Sinne sind einfach etwas überreizt. Wir werden jetzt erst mal unser Apartment aufsuchen und du ruhst dich etwas aus. Danach sieht die Welt schon ganz anders aus.«

Es klang logisch, was er mir da sagte. Trotzdem glaubte ich, Besorgnis in seiner Stimme zu hören. Ich sah ihn an und bemerkte gerade noch, dass er die Stirn krausgezogen hatte. War das auch Einbildung? Ich wollte nicht fragen. Gerade im Moment fühlte ich mich so sicher in seinem Arm. Dieses Gefühl musste ich jetzt einfach festhalten. Wir fuhren weiter und jetzt bemerkte ich auch, wozu wir den Geländewagen brauchten. Wir fuhren weit aus der Stadt heraus. Straßen konnte man dazu nun wirklich nicht mehr sagen. Irgendwo bogen wir dann in einen Waldweg ein. Wir fuhren fast eine Stunde tief in diesen Wald, der fast ausschließlich aus hohen Laubbäumen bestand, die ich nicht bestimmen konnte. Tim lenkte den Wagen sicher an sein Ziel. Er schien sich hier gut auszukennen.

Wir hielten an einer Blockhütte. Wobei Hütte war dafür wohl der falsche Begriff. Wir stiegen aus und ich hatte erst einmal die Gelegenheit die Umgebung auf mich wirken zu lassen.

»Hier stört uns ganz sicher niemand. Es weiß keiner, dass mir das Haus hier gehört und wir sind so weit weg von der Stadt, dass uns auch zufällig niemand über den Weg laufen wird. Wir werden hier einfach für uns eine schöne Zeit haben. Das verspreche ich dir.«

Das glaubte ich ihm aufs Wort. Er nahm unser Gepäck aus dem Auto und wir gingen hinein. Wenn mich die Umgebung und das Haus von außen schon völlig umgeworfen hatten, was das Innere meinen Augen bot, war unbeschreiblich.

Ich war davon ausgegangen eine rustikale Einrichtung zu erblicken. Aber weit gefehlt. Der Raum, den wir als erstes betraten, war hell eingerichtet. Bigsofa in Beige, davor ein flauschiger Teppich, der noch bequemer wirkte wie das Sofa. An der Wand ein riesiger weißer Kamin. Daneben zwei große sechsflammige Kerzenleuchter.

Tim hatte das Gepäck in einen Nebenraum gebracht. Er nahm meine Hand.

»Komm, ich zeige dir alles. Ein paar Besonderheiten hat dieses Haus schon zu bieten.«

Das glaubte ich ihm auch, ohne es gesehen zu haben. Der erste Raum, den er mir zeigte, war das Schlafzimmer. Ich schaute ihn an. War irgendwie klar, dass das der wichtigste Raum für ihn war. Ich sah das

Grinsen in seinem Gesicht und wusste, dass ich Recht hatte.

»Keine Sorge, es gibt noch andere Räume, die sich durchaus nutzen lassen.«

Das war wohl zu befürchten und es machte mich unglaublich an. Allein der Gedanke hier draußen völlig allein mit ihm zu sein …

»Ich sehe genau, was du denkst. Aber jetzt wird erst einmal besichtigt.«

Ich spürte, wie ich rot wurde. Warum konnte ich vor ihm nichts verstecken? Wahrscheinlich, weil ich es gar nicht wollte. Ich schaute mich in dem Raum um. Auch hier Kerzenständer und ein Bett aus dunklem Holz. Eine Wand zog mein Interesse auf sich.

Was war das denn? Kunst?

Ich hörte Tim lachen.

»Sagen wir ein Kreuz an die Wand stellen kann sich jeder. Das hier hat ein Freund für mich angefertigt. Und da die meisten Frauen Angst vor Spinnen haben, wirkt es noch ganz besonders.«

Gut, Angst vor Spinnen hatte ich zum Glück nicht, im Gegenteil, ich fand sie recht interessant. Aber dieses Teil an der Wand hatte auf mich schon eine gewisse Wirkung.

Ein Spinnennetz aus Stahl und in der Mitte eine Spinne mit leuchtend grünen Augen. Aber wie benutzte man das Netz?

Meine Ahnungslosigkeit schien ihn zu amüsieren. Scheinbar sogar sehr.

»Na komm, stell dich einmal an das Netz, ich zeige dir, was ich Schönes dort mit dir anstellen kann.«

Ich zögerte einen Moment, da nahm er meine Hand und führte mich zu dem Netz. Meine Hand fixierte er über meinem Kopf. Erst jetzt bemerkte ich die Fixierungen, die mit dem Netz verbunden waren. Da hatte er auch schon meine zweite Hand in der Fixierung.

Langsam strichen seine Hände meinen Körper hinab. Seinen Atem konnte ich an meinem Hals spüren. Dann ging er weiter nach unten. Streifte meine Beine und fixierte auch diese. Das kalte Metall auf meiner Haut war gegen meine Erwartungen sehr angenehm. Seine Hände arbeiteten sich weiter über meinen Körper, glitten zwischen meine Schenkel und teilten meine Schamlippen.

Ein Finger tauchte tief in mich ein. Da ich noch immer das Vibroei trug, war ich komplett ausgefüllt. Da schaltete Tim das Teil wieder ein und ich fing an, an meinen Ketten zu zerren.

»Netter Anblick, ich glaube fast ich möchte ihn noch ein wenig genießen.«

Seine Hände waren auf einmal verschwunden und ich blickte ihn fragend an.

»Du genießt jetzt einmal die Ruhe und ich kümmere mich um unser Gepäck.«

Was?

Er wollte mich doch nicht wirklich hier stehen lassen?

Einfach so. Tim nahm ein Tuch aus seiner Tasche und verband mir die Augen. Damit konnte ich nicht einmal sehen, was als Nächstes passieren würde. Meine Unsicherheit wuchs. Da spürte ich seinen Atem an meinem Hals.

»Wenn es gar nicht mehr geht für dich, sag einfach ‚rot‘. Ich bin immer hier und beobachte dich. Aber ich möchte, dass du es versuchst auszuhalten.«

Eigentlich, so dachte ich zumindest, keine wirklich schwere Aufgabe. Ich wusste noch nicht, wie sehr ich mich gerade getäuscht hatte.

Ich verlor jegliches Gefühl für Zeit. Meine Arme und Beine schmerzten durch die unnatürliche Fixierung. Damit hatte ich nicht gerechnet. Ich würde das nicht mehr lange ertragen können. Unruhig fing ich an, an meinen Fesseln zu zerren.

Da spürte ich seine Nähe, fühlte auch schon seine Hände auf mir. Er streichelte mein Gesicht und fuhr langsam über meine Brüste, den Bauch hinunter zu meinen Schenkeln. Dort entfernte er das Vibroei und mit einem Mal fühlte ich mich einfach nur leer. Ich konnte mir ein unzufriedenes Stöhnen nicht verkneifen und hörte ihn daraufhin lachen.

»Keine Sorge, du kommst schon noch auf deine Kosten, meine Schöne.«

Ich merkte, wie er meine Fesseln löste und mich erst einmal fest in seinen Armen hielt. Er nahm meine Hände und zog mich mit sich. Die Augen ließ er verbunden. Er legte mich, so vermutete ich zumindest, über die Lehne des Sofas und strich mit seinen Fingerkuppen über meinen Rücken.

Ein Zittern durchlief meinen Körper.

»So, bereit bist du also? Dann werden wir dich mal nicht länger zappeln lassen. Um ehrlich zu sein, ich bin auch schon sehr begierig darauf dich auszufüllen. Ich werde dich jetzt von hinten nehmen. Es wird schnell und hart sein und ich will, dass du für mich kommst. Du hast mich verstanden?«

Ich schluckte, obwohl mein Mund trocken war. Antworten konnte ich nicht, also nickte ich nur. Da spürte ich Tim bereits in mir. Und wie von ihm gesagt nahm er mich hart und sehr tief. Er stieß immer wieder gegen meine Gebärmutter. Ich versuchte, den Schmerz zu ignorieren, aber es gelang mir nicht. Ich schrie auf. Da spürte ich seine Hand an meinem Kitzler. Er lenkte mich vom Schmerz ab.

»Du musst dich einfach fallen lassen. Komm, Cat! Lass es zu. Genieße das Gefühl.«

Durch seine Berührung und durch seine Worte war es mir möglich, mich auf den Schmerz einzulassen. Ich merkte wie meine Erregung jetzt wieder wuchs. Ich fing an zu schweben, bis ich nur noch Gefühl war. Ich spürte, wie er in mir zu zucken begann. Das gab mir den Rest.

Ich wurde von meiner Lust erfasst und einfach weggetragen. Mein Höhepunkt raubte mir den Atem. Er raubte mir den Atem. Mir wurde schwarz vor Augen und ich sank in seinen Armen zusammen. Als ich die

Augen wieder aufschlug, war die Augenbinde verschwunden. Tim lag mit mir gemeinsam auf diesem riesigen Sofa. Leise Musik war im Hintergrund zu hören. Ich kuschelte mich enger in seinen Arm.

»Komm, wir probieren das Bad aus. Und danach zeige ich dir den ganzen Rest.«

Mit diesen Worten zog er mich vom Sofa und führte mich in das Bad. Die große Dusche faszinierte mich. Ich mochte es, wenn das Wasser einfach über meine Haut lief. Die Wanne allerdings, so konnte man das Teil eigentlich nicht wirklich nennen, denn das war so unbeschreiblich, dass ich sofort dorthin wollte. Tim grinste, denn er hatte wohl meinen Blick bemerkt. Er trat zu der Wanne, die locker einen Durchmesser von zwei Metern hatte und komplett im Boden eingelassen war. Er schaltete das Wasser ein. Was immer er auch in das Wasser getan hatte, es roch einfach himmlisch.

»Geh schon mal in das Wasser, meine Süße. Ich komme gleich zu dir.«

Mit diesen Worten war Tim auch schon aus dem Bad verschwunden. Ich ließ mich langsam in das Wasser gleiten. Nach dem Erlebten war es eine Wohltat, das Wasser auf der Haut zu spüren. Ich gab mich meinen

Träumen hin. Schloss einfach die Augen und genoss das Bad. Seine Präsenz riss mich aus meinem Traum.

Er stand direkt vor mir. Ich konnte nicht anders, ich musste mir über die Lippen lecken, so sehr genoss ich diesen Anblick. Er hielt den Kopf leicht schräg und lächelte mich an. Das machte mich mutiger.

Meine Hände glitten über seinen Körper, erforschten ihn. Er kam zu mir in das Wasser. Ich spürte, wie die Luft angefangen hatte zu knistern. Bis jetzt war immer er der Aktive gewesen.

Ich wollte ihm beweisen, wie sehr ich ihn bereits begehrte. Meine Finger glitten über ihn, verwöhnten ihn. Ich beugte mich zu ihm und begann seinen Körper mit Küssen zu bedecken. Ich konnte spüren wie seine Erregung wuchs.

Mein Mund hatte inzwischen mein eigentliches Ziel gefunden. Ich nahm ihn in meinen Mund auf und hörte ein erstauntes Aufstöhnen. Es ermutigte mich, obwohl ich mir bewusst war, wie wenig Erfahrung ich auf diesem Gebiet besaß.

Ich wollte es unbedingt. Für ihn. Meine Zunge umkreiste seine Spitze. Zum ersten Mal schmeckte ich ihn. Es spornte mich an und so erhöhte ich das Tempo. Ich wollte, dass er in meinem Mund kam.

Da spürte ich seine Hand in meinen Haaren. Er zog mich zurück.

»Ich komme gleich, Cat. Willst du das wirklich so? Falls nicht, solltest du jetzt aufhören.«

Ich lächelte ihn nur an. Natürlich wollte ich und ich würde es ihm auch beweisen. Ich leckte wieder über seine Spitze, umkreiste sie, bevor ich ihn wieder ganz in mir aufnahm.

Ich erhöhte schnell das Tempo und fühlte das erste Zucken von ihm. Dann konnte er es nicht mehr zurückhalten und ergoss sich tief in meinem Rachen. Er hielt meinen Kopf fest umklammert und mir blieb keine andere Wahl. Ich musste schlucken, wenn ich Luft bekommen wollte. Hatte ich mich doch etwas überschätzt?

Da ließ er mich los und ich bekam wieder Luft. Er nahm meinen Kopf in seine Hände und streichelte meine Tränen, die über meine Wangen rollten, weg.

»Du warst unglaublich. Ich danke dir für dieses Erlebnis. Obwohl das so ja nicht geplant war. Jetzt aber raus aus dem Bad. Ich möchte dir noch den Rest zeigen.«

Wir verbrachten den Rest des Nachmittags damit, das Haus zu erkunden. Mir gefiel die große Terrasse mit Blick auf den Wald. Es gab einen kleinen Pool. Hier nachts zu schwimmen, musste ein Traum sein. Wir machten einen Spaziergang durch den Wald. Die Stille tat mir gut. Einfach nur unbefangen herumtollen und uns unterhalten.

Ein Eichhörnchen leistete uns bei unserem Spaziergang Gesellschaft. Der freche kleine Kerl hatte wohl die Hoffnung auf eine Leckerei. Ich schaute in meine Tasche und richtig, ich hatte da noch eine Tüte mit Nüssen. Ein paar davon legte ich am Rand des Weges ab. Der kleine Kerl war sehr vorsichtig, doch die Nüsse reizten ihn natürlich. Wir sahen ihm zu, wie er seine Beute davontrug.

Plötzlich erschrak das kleine Fellknäul. Ein Geräusch irgendwo aus dem Unterholz. Auch ich schrak zusammen. Sofort hatte ich wieder dieses unbestimmte Gefühl.

Was war das nur?

Tim beruhigte mich. Sicher, es war bestimmt nur ein Tier, das dort herumlief. Wir waren schließlich in einem Wald.

Nur warum blieb dieses Bauchgefühl in mir?

Wir gingen zum Haus zurück.

»Leg dich ein wenig auf die Terrasse und genieße den Blick auf die Sterne, meine Schöne. Allerdings habe ich natürlich eine Bedingung.«

Er warf mir ein teuflisches Lächeln zu.

»Ich glaube deine Sachen brauchst du hier nicht. Ich werde uns inzwischen etwas zu essen machen.«

Ich tat ihm den Gefallen und zog, natürlich betont langsam, meine Kleidung aus und warf sie ihm zu. Erst jetzt bemerkte ich, dass ich tatsächlich Hunger hatte. Ich zündete die Kerzen an und legte mich dann an den Pool. Wir hatten eine sternklare Nacht. Ich sah in den Sternenhimmel und erhaschte tatsächlich einen Blick auf eine Sternschnuppe. Ich wusste nur zu genau, was ich mir wünschte. Ich schloss die Augen und gab mich ganz meinem Traum hin.

Ich musste wohl tatsächlich eingeschlafen sein.

Plötzlich schreckte mich ein Geräusch auf. Ich blickte mich um, konnte aber nichts Ungewöhnliches sehen. Ich rief voller Panik nach Tim. Es dauerte nur einen Moment, dann war er auch schon bei mir.

»Was ist passiert? Hast du schlecht geträumt? Vor was hast du Angst?«

Ich erzählte ihm, dass ich irgendwas gehört hatte.

»Du bist überreizt und müde und natürlich die Geräusche hier im Wald nicht gewohnt. Hier kommt nie jemand vorbei. Versprochen. Es ist Privatgelände und so weit weg von der Stadt. Wir sind wirklich allein. Entspanne dich wieder. Schau, das Essen ist fertig. Wollen wir mal probieren, ob es dir auch schmeckt.«

Auf jeden Fall sah es köstlich aus. Doch es schmeckte noch viel besser. Mein absolutes Highlight waren die mit Schokolade überzogenen Früchte.

Tim nahm eine von den Weintrauben und fuhr damit über meine Lippen. Ich öffnete leicht meinen Mund, aber er aß die Weintraube selbst. Nahm eine Zweite und fuhr damit wieder über meine Lippen, fuhr langsam meinen Hals entlang und umkreiste dann meine Brustwarzen.

Die Schokolade schmolz natürlich und hinterließ Spuren auf meinem Körper. Tim begann, die Schokolade von meinem Körper zu lecken.

Er küsste meinen Mund, dann meinen Hals und besondere Aufmerksamkeit bekamen meine Brüste. Ich merkte, wie sehr mich diese Situation erregte und fing an, auf meiner Liege unruhig zu werden.

Natürlich gefiel ihm das, aber klar war auch, dass er das nicht dulden würde. Er stand auf und ging ins Haus. So hatte ich die Chance mich wieder zu sammeln. Aber da war er schon zurück und versteckte etwas hinter seinem Rücken. Seidentücher.

»Du kannst ja scheinbar nicht stillliegen und da ich dich jetzt zeichnen möchte, wirst du das müssen.«

Die Kunstfertigkeit, mit der er die Tücher um mich band, faszinierte mich. Ich hätte mich gern selber gesehen. Eine Kombination aus schwarzen und roten Tüchern. Und so lag ich vor ihm, sah direkt in seine Augen und versank völlig darin. Das war der Moment, wo ich wusste, ich war verloren. Und plötzlich waren meine Unsicherheit und meine Angst verflogen.

Ich lauschte der leisen Musik, hörte den Wind in den Bäumen und zum ersten Mal in meinem Leben fühlte ich mich tatsächlich frei. Ich fühlte mich frei, trotz der Fesseln an meinem Körper. Verstehen konnte ich das nicht, ich wusste nur, dass es so war. Ich hatte kein Zeitgefühl mehr, wusste nicht, wie lange ich hier schon lag.

Tim kam zu mir und küsste mich. Er küsste meinen ganzen Körper, streichelte jeden Zentimeter meines Körpers und ließ keine Stelle aus. Mit einem Ruck drehte er mich plötzlich auf den Bauch und schon spürte ich ihn in mir.

Er nahm mich in seinen Besitz. Fast so, als müsste er das gerade jetzt tun. Ich bäumte mich seinen Stößen entgegen. Wollte mehr, wollte ihn. Und er tat mir den Gefallen, nahm mich tiefer und härter. Seine Hand an meinem Kitzler reizte mich zusätzlich. Ich spürte sein Zucken und auch ich kam dem Höhepunkt immer näher. Zurückhalten konnte ich es sowieso nicht.

»Ich komme, Cat! Und du wirst mit mir kommen. Hast du mich verstanden? Cat, jetzt!«

Ich konnte fühlen, wie er mich mit seinem Samen füllte und schrie selbst in diesem Augenblick meinen Höhepunkt hinaus. Mein Körper erzitterte und ich fiel in die Unendlichkeit der Lust.

Es dauerte Minuten bis ich wieder zu Atem kam. Die ganze Zeit lag ich seinen

Armen. Gehalten von ihm. Beschützt. Er entfernte die Fesseln und sie hinterließen wundervolle Spuren auf meiner Haut. Tim zeichnete sie mit seinen Fingern nach. Dieses Gefühl gefiel mir. Sehr sogar.

Er brachte alle Sachen in das Haus und trug mich in unser Schlafzimmer. Ich kuschelte mich an ihn, brauchte seine Nähe, wollte sein Herz schlagen hören. Er schlang seine Arme um mich und hielt mich. Bedeckte meinen Hals mit Küssen und irgendwann schlief ich ein.

Ich schreckte aus dem Schlaf. Ein Geräusch hatte mich wohl geweckt. Ich brauchte einen Moment, um meine Umgebung zu realisieren. Ich sah gerade noch einen Schatten an unserem Bett, dann war er auch schon verschwunden. Hatte mir mein Unterbewusstsein vielleicht einen Streich gespielt?

Nein, sicher nicht. Neben mir lag Tim, friedlich schlafend. Voller Panik weckte ich ihn.

»Was ist los, Cat? Hast du schlecht geträumt? Ist etwas nicht in Ordnung?«

»Es war jemand hier in diesem Raum und bevor du mich fragst, ja, ich bin mir sicher. Irgendjemand beobachtet uns schon die ganze Zeit. Ich habe mir das sicher nicht eingebildet.«

»Ganz ruhig, Cat, ich schaue nach. Bleib hier. Ich bin gleich zurück.«

Mit diesen Worten stand er auf und verließ das Zimmer. Ich hatte Angst und zwar große. Wer konnte so krank sein, uns bis hierher zu verfolgen und vor allem warum?

Ich hoffte, Tim würde gleich zurückkommen. Dieses ungute Gefühl kroch in mir immer höher. Die Zeit schien still zu stehen und ich wäre am liebsten Tim gefolgt. Nur war meine Angst zu groß. Da ging die Tür wieder auf und für einen Augenblick hielt ich die Luft an.

»He, alles gut, alles ist in Ordnung, Süße. Ich bin es doch nur. Hole wieder Luft. Ich habe nichts entdecken können. Komm her zu mir.«

Ich sprang auf und lief in seine Arme.

»Du zitterst ja. Habe keine Angst, ich passe schon auf dich auf.«

Er hielt mich fest umschlungen und langsam beruhigte ich mich wieder. Ich war mir trotzdem sicher, dass jemand in diesem Raum gewesen war.

Ich hatte mich nicht geirrt. Aber es war mir auch recht, dass Tim mich jetzt ablenkte. Wir traten beide auf die Terrasse und er grinste mich an. Diesem Lächeln würde ich wohl nie im Leben widerstehen können. Er zog seine Hose aus und sprang mit einem Satz in den Pool.

»Na los, rein mit dir. Das Wasser wird dir guttun. Sei kein Feigling, so kalt ist es gar nicht.«

Wie war das mit Vertrauen?

Ich zog sehr langsam mein Hemd aus und überlegte mir, ob ich seine Aussage erst einmal überprüfen sollte. Hätte ich das mal gemacht. So aber sprang ich ins Wasser und was sollte ich sagen, es war saukalt. Ich kreischte los. Und zwar extrem. Kalt, einfach nur kalt und er lachte. Das war so klar.

»Keine Sorge, dir wird bestimmt gleich warm werden.«

In Ordnung, schon bei diesen Worten wurde mir deutlich wärmer. Aber jetzt wollte ich schwimmen. Die Bewegung im Wasser tat mir tatsächlich gut. In diesem Punkt hatte Tim recht. Ich fühlte mich im Wasser frei. Böse Gedanken verschwanden hier. Wir schwammen nebeneinander, ließen uns einfach so treiben und genossen das Miteinander. Langsam wurde das Wasser tatsächlich kalt und ich fror einfach nur noch. Zeit, den Pool zu verlassen.

Tim stieg zuerst aus dem Wasser, schlang sich ein Handtuch um seine Hüfte und hielt für mich ein Handtuch bereit. Er kuschelte mich darin ein und sorgte dafür, dass mir nicht mehr so kalt war.

Wir betraten die Küche.

»Wenn du Kaffee kochst, meine Schöne, dann zaubere ich uns erst mal ein Frühstück. Wir können dann gemeinsam überlegen, was wir Schönes mit dem Tag anstellen könnten. Ich habe da schon so eine nette Idee.«

Warum wurde mir bei diesem Gedanken ganz heiß?

Wahrscheinlich, weil ich seine Ideen inzwischen schon kannte und genau wusste, was sie beinhalten würden. Ich machte mich also daran Kaffee zu kochen. Zum Glück übernahm das die Kaffeemaschine und ich hatte ausreichend Zeit Tim zuzusehen, wie er das Frühstück machte. Und diesen Anblick genoss ich sehr. Ich leckte mir über meine Lippen, was ihm natürlich nicht verborgen blieb. Sein Grinsen war der eindeutige Beweis.

»Gefällt es dir, mir zuzusehen?«

Erwischt, dachte ich in diesem Moment. Wenn er wüsste, wie sehr es mir gefiel.

»Jetzt wird allerdings erst mal gegessen und nicht gespielt. Vertraue mir, du wirst die Kraft heute noch brauchen. Etwas im Magen kann da gewiss nicht schaden.«

Ich wusste, dass er damit recht hatte. Ein Mann, der kochen konnte, war mein erster Gedanke, als ich das Omelette probierte.

Es war einfach fantastisch. Ich war sonst eher nicht der Typ für Frühstück, obgleich ich natürlich wusste, wie wichtig es wäre. Aber die letzte Nacht und auch das Schwimmen machten es mir leicht, schon am

Morgen etwas runter zu bekommen. Und ja, es war sehr lecker. Mir war gar nicht bewusst gewesen, wie hungrig ich eigentlich war.

»Dann jetzt ab mit dir ins Bad. Zieh dir etwas Bequemes an. Wir können uns die Gegend noch etwas genauer ansehen. Das Wetter ist zu schön, um die Zeit hier im Haus zu verbringen. Und die Lichtverhältnisse sind hervorragend. Ich könnte noch ein paar Fotos von dir machen.«

Fotos? Ich mochte es doch aber nicht, fotografiert zu werden. Ich fand Fotos immer furchtbar. Aber vielleicht würde es mit Tim auch einfach nur Spaß machen. Immerhin hatte ich in den letzten Tagen mit ihm schon so viel Unglaubliches erlebt. Ich zog also Jeans und einen Hoodie drüber und wartete auf der Terrasse bis Tim seine Fotoausrüstung verstaut hatte.

Wir liefen den Weg entlang, den wir auch mit dem Auto genommen hatten, bogen aber nach wenigen Metern in einen kleinen Waldweg ein. Irgendwann kamen wir auf eine Lichtung.

Eine Wiese mit vielen kleinen Blumen. Durch das Sonnenlicht sahen diese wie kleine Edelsteine aus. Es war ein einziges Funkeln. Das Licht war zugegebenermaßen einfach fantastisch. Ich drehte mich einmal im Kreis, um die Umgebung zu bewundern, und bekam gar nicht mit, dass Tim bereits begonnen hatte, mich zu fotografieren.

»Du siehst so frei aus, wenn du dich nicht auf die Kamera konzentrierst. Ich finde dich wunderschön, genau so, wie du gerade bist. Allerdings würdest du mir ohne Sachen noch weitaus besser gefallen.«

Was, hier jetzt einfach ausziehen?

Aber warum eigentlich nicht?

Warm genug war es allemal. Allerdings, naja, mein kleines Teufelchen auf der Schulter dachte sich gerade einen interessanten Plan aus. Ich begann also ganz langsam, meinen Hoodie über den Kopf zu ziehen. Während der ganzen Zeit sah ich Tim an. Ich öffnete genauso betont meinen BH und ließ ihn einfach zu Boden fallen. Mit meinen

Händen streifte ich fast zufällig meine Brüste, massierte sie leicht, zog an den Brustwarzen.

Ein Blick zu ihm verriet mir, dass ihn die Situation mindestens genauso anmachte wie mich. Gut so! Also dann weiter. Genauso langsam streifte ich meine Schuhe inklusive Socken ab und zog die Jeans herunter und ließ auch diese achtlos auf dem Boden liegen. Nur noch meinen Slip hatte ich jetzt an. Und der war bereits mehr als nur feucht. Also zog ich auch den aus. Er landete wie der Rest auf der Wiese.

Meine Hände glitten zu meiner Scham, teilten die Schamlippen und meine Finger glitten in mich hinein, füllten mich aus. Ich zog sie wieder heraus und führte die Finger zu meinen Lippen. Ich schmeckte meinen eigenen Lustnektar. Genoss es. Genoss seinen Blick. Führte meine Finger wieder zurück, tauchte in mich und begann, mich langsam mit zwei Fingern zu ficken. Mein Daumen umkreiste dabei meinen Kitzler. Ich spürte wie meine Erregung immer mehr wuchs.

Tim hatte immer noch die Kamera in der Hand, völlig fokussiert auf das Geschehen machte er Fotos von mir. Ich nahm es nur noch nebenbei wahr. Zu sehr hatte mich meine eigene Lust erfasst.

Ich war kurz vor meinem Orgasmus, da hörte ich sein »Nein!«.

Was? Das konnte er doch jetzt nicht ernst meinen.

Ich blickte ihn an. Oh ja, sein Gesichtsausdruck verriet mir, dass er es sehr ernst meinte.

Verdammt, hatte ich etwas falsch gemacht?

Hatte ich es übertrieben?

Ich wusste es wirklich nicht. Da kam er auf mich zu und nahm mein Gesicht in seine Hand.

»Du wirst lernen müssen, auf mich zu hören, egal wie weit du bereits bist. Ein Nein ist dann ein Nein. Du verstehst mich? Allerdings hast du mich mit deinem Auftritt sehr überrascht. Ich denke, eine kleine Belohnung hast du dir verdient.«

Dabei grinste er über das ganze Gesicht. Das hätte mir eine Warnung sein sollen.

Er führte mich an einen der angrenzenden Bäume und lehnte mich mit dem Rücken dagegen. Die Baumrinde war unangenehm auf meiner nackten Haut. Er nahm meine Arme hinter dem Baum und fixierte sie dort mit einem Seil. Ich hatte keine Ahnung, woher er das mit einmal herhatte.

Die Fesselung war diesmal unangenehm. Nicht nur wegen der Baumrinde, sondern weil die Seile in meine Haut schnitten. Aber ich war schon viel zu erregt, um mich wirklich dagegen zu wehren. Eigentlich blieb mir nur, wirklich still zu halten, damit die Schmerzen nicht größer werden konnten. Das fiel mir allerdings extrem schwer.

Tim nahm inzwischen in aller Seelenruhe seine Kamera in die Hand und machte Fotos von mir. Dann kam er wieder auf mich zu und insgeheim hoffte ich, er würde die Fesseln wieder lösen. Aber er blieb vor mir stehen und nahm meine Brüste in seine Hände.

»Ich glaube fast, du wolltest mir mit deiner Vorstellung sagen, dass sie hier eine besondere Behandlung verdienen.«

Oh nein! Ich sah, wie er zu einer Rute des Baumes griff, die Rinde entfernte und prüfte, wie biegsam sie war. Das konnte er nicht tun wollen. Es würde wehtun, wahrscheinlich sogar sehr. Er sah die Angst in meinen Augen.

»Du weißt noch, was du sagen musst, wenn es nicht mehr geht?« Ich nickte mal wieder nur.

»Oh nein, Süße! Dieses Spiel hier wird hart für dich. Ich muss mir sicher sein, dass du nicht vergisst, was du tun musst.«

»Rot! Ich muss rot sagen«, kam es leise über meine Lippen.

»Ich hoffe, du sagst es dann etwas lauter.«

Seine Hand nahm mein Gesicht und streichelte kurz über meine Wange. Er küsste mich so intensiv und leidenschaftlich, dass ich schon dachte, er hatte mir nur Angst machen wollen, aber da hörte ich dieses Zischen und spürte einen brennenden Schmerz über meiner Brust.

Tränen schossen mir in die Augen. Ich hatte keine Zeit mich an den Schmerz zu gewöhnen, da traf mich schon der zweite Hieb. Er musste deutliche Striemen auf meiner Haut hinterlassen. Es brannte wie Feuer.

Der Dritte war kaum noch für mich zu ertragen. Meine Atmung ging schneller, ich geriet in Panik. Klares Denken war mir nicht mehr möglich. In diesem Augenblick spürte ich seine Hand an meinen Schamlippen und seine Finger drangen in mich ein.

Er zog sie aber sofort wieder zurück und hielt sie mir vor den Mund. Ich öffnete meine Lippen und seine Finger drangen in meinen Mund vor. Ich mochte das Gefühl, was jetzt von mir Besitz ergriffen hatte, gar nicht. Ich mochte die gesamte Situation nicht. Aber was sollte ich tun, gefesselt an diesen Baum?

Denken, Cat, los, fang an zu denken. Das hier ging nicht. Das wollte ich nicht. Verdammt! Tränen, mein ganzes Gesicht überströmt mit Tränen, das musste doch reichen! Da traf mich der nächste Schlag und mein Verstand setzte wieder ein. Vielen Dank dafür!

»Rot, Rot, ROT!«

Ich schrie es so laut, dass mir die Stimme versagte. Wie hinter Watte hörte ich sein »Na endlich, Cat«. Was?

Ich wusste nicht, was er meinte und bemerkte nicht, wie er mich losband, mich in seinen Armen hielt. Wie lange konnte ich nicht sagen. Ich hatte kein Gefühl mehr für meine Umgebung. Irgendwann hatte ich mich wieder beruhigt und sah seinen Blick auf mich gerichtet.

»Cat, ich musste deine Grenze einmal bewusst überschreiten, denn ich muss mir sicher sein, dass du in der Lage bist, mir ein deutliches Nein entgegenzubringen. Ich muss mich darauf verlassen können, dass du es rechtzeitig machst. Falls ich einmal nicht rechtzeitig merke, dass es für dich zu viel wird. Verstehst du das?«

Seine Worte erreichten mich nur langsam. Verstand ich, was er mir sagte? Ich glaubte es zumindest.

Er hielt mich weiter fest in seinen Armen, streichelte meinen Körper, und fuhr mit seinen Fingerkuppen über die Striemen auf meiner Brust. Sie brannten immer noch wie Feuer. Er küsste jede einzelne betroffene Stelle und küsste dann mich, so intensiv, so liebevoll wie noch nie zuvor, streichelte meine Schenkel und öffnete sie. Er berührte meine Scham und verteilte die Nässe, die zu meinem eigenen Erstaunen vorhanden war. Dann spürte ich ihn auch schon in mir. Doch diesmal war es ein neues Gefühl, nein, falsch. Nicht neu, es war einfach so viel mehr an Gefühl. Tränen rollten mir über die Wangen.

»Tut es dir weh? Ist es zu viel?«

Seine Stimme klang besorgt.

»Ja, zu viel, viel zu viel. Höre bitte nicht auf. Ich will dich so sehr.«

Da begann er, mir die Tränen von meinem Gesicht zu küssen. Jede einzelne Träne. Ich spürte dabei, wie er sich in mir bewegte, so unvorstellbar sanft, dass dieses Gefühl mich schweben ließ.

Ich fühlte, wie die Lust mich in Besitz nahm und mein Denken in den Hintergrund trat. Seine Erregung riss mich mit. Ich ließ mich fallen, tiefer, immer tiefer, bis der

Höhepunkt uns beide erlöste und alle Barrieren zum Einstürzen brachte. In diesem Moment, das wusste ich, gehörte ich ihm endgültig, ohne Zweifel, ohne Wissen, nur noch vom Gefühl getragen. Dagegen war ich völlig machtlos.

Wir waren anscheinend eingeschlafen. Mir war kalt und es fing an, dunkel zu werden. Tim hatte seine Arme fest um mich geschlungen und sah mich an. Er hatte mich scheinbar beim Schlafen beobachtet.

»Du siehst so wunderschön aus, wenn du schläfst. Du wirkst dann völlig entspannt. Gelöst.«

Ich merkte, wie ich rot wurde. Da gab er mir einen Kuss auf meinen Hals.

»Komm, wir ziehen uns an und gehen zum Haus zurück, bevor es ganz dunkel ist. Zumal es kalt zu werden scheint.«

Er reichte mir meine Sachen und wir zogen uns an. Während wir den Weg zurückliefen, hielt er die ganze Zeit meine Hand, aber wir sprachen kein Wort. Wir genossen beide einfach nur die Nähe zueinander.

Am Haus angekommen zog er mich fest an sich heran und ich atmete seinen Geruch tief ein. Am liebsten wäre ich für immer so stehen geblieben. Konnte nicht jemand mal für diesen Moment die Zeit anhalten?

Bitte! Ich war so in Gedanken versunken, dass ich förmlich erschrak, als er mich plötzlich losließ. Er sah mich an und legte einen Finger auf meine Lippen. Ich verstand nicht sofort, was los war. Doch dann sah ich es auch. Die Terrassentür stand offen und ich war mir sicher, dass wir alles verschlossen hatten. Oh nein, mein mieses Gefühl, da war es ja wieder. Was war hier nur los?

Tim drehte sich zur Tür. Er wollte da doch wohl nicht reingehen?

Sollten wir nicht besser auf Hilfe warten? Ich hielt ihn am Arm fest, doch er nahm meine Hand bestimmt zur Seite, gab mir einen Kuss auf die Stirn und ging in das Haus. Meine Angst stieg ins Unermessliche. Jetzt schien die Zeit tatsächlich still zu stehen, nur jetzt wollte ich das gar nicht mehr. Ich wollte nur, dass Tim wieder herauskam.

In diesem Augenblick trat er durch die Terrassentür und schüttelte nur mit dem Kopf. Was war los hier? Ich hatte Angst.

Tim kam auf mich zu nahm mich in seine Arme.

»Alles gut, Cat. Wer immer hier gewesen ist, jetzt ist er weg. Es fehlt allerdings auch nichts. Für einen Einbruch schon sehr ungewöhnlich. Vielleicht nur ein Wanderer, der sich verlaufen hatte und telefonieren wollte ... Wer weiß. Lass uns schlafen gehen. Morgen fliegen wir nach Hause. Das heißt, falls du bereit bist, mit zu mir zu kommen und es als dein Zuhause zu sehen. Ich weiß, das geht jetzt verdammt schnell, aber ich denke du fühlst auch sehr genau, wie viel uns verbindet und ich möchte einfach keine Minute mehr ohne dich sein.«

Ich wusste im ersten Moment echt nicht, was ich darauf sagen sollte. Ja, das war einfach viel zu früh, denn was wussten wir schon voneinander?

Aber ich wusste, mein Herz hatte meinen Verstand schon längst in eine Ecke verbannt. So stand ich vor ihm und sah in seine Augen und nickte ihm zu.

»Ja, ich möchte bei dir sein, jede Minute, wenn es möglich ist. Aber ich habe eine Bedingung.«

Ich sah sein fragendes Gesicht und musste mir ein Grinsen echt verkneifen.

»Ich möchte, dass du mit mir jetzt in dieses wundervolle Schlafzimmer gehst, mich an dem Bett fixierst und mir zeigst wie sehr ich dir gehöre, ohne Wenn und Aber. Lass mich fliegen und fange mich mit deinen Armen wieder auf. Zeige mir deine ganze Welt. Zeige mir, wie schön es sein kann.«

Wenn ich ehrlich war, ich war noch verwunderter über meine Worte wie Tim, der mich mit erstauntem Blick ansah, mir dann über mein Gesicht streichelte und mich hinter sich her in das Haus zog. Wir vergaßen einfach alles, die ganze Welt. Es gab nur noch uns und sonst nichts mehr.

Tim führte mich zum Bett und legte mich vorsichtig darauf. Er nahm meine Füße und befestigte sie mit Ketten an den Bettpfosten. Das Gefühl des kalten Metalls gefiel mir.

Er fuhr mit seinen Fingerkuppen meine Beine entlang. Berührte wie aus Versehen meine Scham und arbeitete sich weiter nach oben. Bei meinen Brüsten angekommen, streichelte er über die noch immer deutlich sichtbaren Striemen und beugte sich über mich und bedeckte mich mit Küssen. Seine Hände glitten meine Arme entlang und befestigten auch diese mit Ketten. Ich war gefangen und diesmal fühlte es sich unbeschreiblich gut an.

Er nahm ein kleines Fläschchen in seine Hand und schüttete sich etwas von dem Inhalt auf seine Handfläche und verteilte es anschließend auf meinem gesamten Körper. Der Geruch allein wirkte schon völlig berauschend auf mich, aber dann begann Tim, meinen Körper zu massieren. Er begann bei meinen Füßen und das so gekonnt, dass ich sogar vergaß, wie kitzlig ich eigentlich war.

Langsam arbeitete er sich aufwärts. Ich schloss meine Augen und genoss es einfach nur. Meine Körpermitte ließ er dabei diesmal aus. Umso mehr widmete er sich meinen Brüsten. Er rieb das Öl in die Haut ein und massierte die geschundenen Stellen besonders sanft.

Oh ja, das gefiel mir ... und wie.

Dann massierte er meine Arme, um sich danach wieder den Weg nach unten zu bahnen. Er massierte etwas Öl auf meinen Schamlippen ein, tauchte dann mit seinen Fingern hinein und begann, mich in meinem Inneren zu massieren. So etwas hatte ich noch nie erlebt.

Sein Daumen umkreiste derweil meinen Kitzler. Es erregte mich auf eine ungewohnte Art und Weise. Tim führte mich so zu einem sanften Höhepunkt, der mich trotzdem mit ganzer Wucht erfasste und mich in meinen Ketten aufbäumen ließ.

Er ließ mich kurz zur Ruhe kommen und streichelte dabei mein Gesicht. Er nahm ein Seidentuch in die Hand und zeigte es mir. Ich wusste, er wollte diesmal meine Zustimmung, bevor er mir die Augen verband.

»Ja!«, sagte ich und das für meine Verhältnisse laut und deutlich. Ich war stolz darauf und Tim scheinbar auch.

»Braves Mädchen.«

Er verband mir die Augen und gab mir einen Kuss auf meine Stirn. Dann hörte ich, wie er aufstand und durch den Raum ging. Unweigerlich drehte ich den Kopf in die Richtung, in der ich ihn vermutete, obgleich ich nichts sah. Aber ich konnte ihn trotzdem spüren und fühlte, dass er wieder auf mich zukam. Dann berührte mich etwas und es war nicht seine Hand.

Eine Feder!

Er streifte damit meinen ganzen Körper, immer wieder. Dann spürte ich etwas zwischen meinen Schenkeln. Ich wusste sofort, was das war. Das Vibroei! Da steckte es auch schon in mir und leistete ganze Arbeit. Zusätzlich von der Feder stimuliert hielt ich es kaum aus und begann an den Ketten zu zerren.

Ich wusste genau, was ich jetzt wollte. Ich wollte ihn! Ich wollte, dass er mich nahm. Wollte ihn in mir spüren. Dieses Verlangen war einfach übermächtig! In diesem Moment war Tim auch schon über mir.

Ich spürte, wie er gegen meinen Eingang drückte, spürte seine Hand, wie er das Vibroei entfernen wollte.

»Nein, bitte nicht. Lass es da.«

Ich war selbst erstaunt über meine Worte. Er stöhnte kurz auf, als er in mich eindrang. Das war so verdammt eng. Einen Moment hatte ich das Gefühl, es nicht ertragen zu können. Aber er ließ mir die Zeit, mich an die Enge zu gewöhnen.

Er bewegte sich langsam, passte sich meinem Tempo an. Ich spürte, dass etwas Gigantisches auf mich zu rollte. Ich fühlte, wie ich mich um ihn verkrampfte und ihn immer tiefer in mich zog. Ich spürte, wie er zu zucken begann und hörte sein Stöhnen. Und dann überrollte es uns!

Ich hatte das Gefühl, endlos zu schweben, fühlte ihn und seinen Samen tief in mir. Ich genoss nur noch dieses Gefühl, dann in seinen Armen zusammen zu sinken. Er hielt mich fest, streichelte meinen Körper und ließ uns zur Ruhe kommen. Irgendwann schliefen wir gemeinsam ein.

Erst der nächste Morgen holte uns in die Realität zurück. Wir mussten unsere Sachen packen und wieder in unseren Alltag zurückkehren. Aber ich hatte mich verändert und ich würde bei ihm sein. Das erleichterte mir den Abschied von diesem wundervollen Ort. Tim verstaute unsere Sachen im Geländewagen und hielt mir meine Tür auf. Allerdings hatte er wieder dieses Grinsen im Gesicht. Als ich zu ihm trat, wusste ich auch sofort warum. Er hielt mir das Vibroei hin.

»Na, meine Schöne. Ein wenig Lust uns die lange Autofahrt zu versüßen?«

Er wusste natürlich genau, dass ich ihm diesen Wunsch nicht abschlagen würde. Also trat ich an das Auto und beugte mich hinunter, eine Hand auf der Motorhaube, mit der anderen zog ich mein Kleid hoch.

Ich hörte ihn tief Luft holen, während er das Vibroei zwischen meinen Schamlippen versenkte. Er gab mir einen Klaps auf den Hintern und hauchte mir einen Kuss in den Nacken. Dann zog er mein Kleid zurecht und half mir beim Einsteigen.

Die Autofahrt und auch der Flug vergingen in meinen Augen diesmal viel zu schnell. Ich hätte es gern noch hinausgezögert, mich dem normalen Wahnsinn zu stellen, vor allem wenn ich da schon geahnt hätte, was uns erwarten würde.

Inzwischen hatte ich für mich den Entschluss gefasst die Aktion seines Freundes einfach als dumme Anmache zu sehen. Eine Anzeige wegen Belästigung würde wahrscheinlich sowieso nichts bringen. Tim sah das etwas anders, aber ich wusste nicht, ob es dabei einfach nur um verletzten Stolz ging. Aber jetzt im Moment wollte ich auch gar nicht darüber nachdenken.

Ich war viel zu sehr damit beschäftigt, dass Tim gerade das Vibroei eingeschaltet hatte. Diesmal störte mich der Gedanke, mich könnte jemand sehen, fast gar nicht. Ja gut, ehrlicherweise, so ganz gleichgültig war es mir nun doch nicht. Aber Tim verstand es meisterlich, mich abzulenken.

»Ich möchte, dass du dich für mich zum Orgasmus bringst. Und ich will dich hören, also halte dich nicht zurück.«

Das war eine klare Anweisung und durch die Vibration in mir angeheizt, würde es mir wohl nicht schwerfallen, ihm diesen Gefallen zu tun. Meine Hände glitten langsam meinen Körper hinunter. Berührten meine Brüste und meine Finger umkreisten meine

Brustwarzen. Langsam ließ ich meine Hände zwischen meine Schenkel gleiten.

Ein leichtes Stöhnen verriet mir, dass es ihn antörnte mich so zu sehen. Mein Daumen umkreiste den Kitzler und in diesem Moment schaltete er die Vibration in mir höher. Verdammt, ich hatte völlig vergessen, dass er die Fernbedienung in seinen Händen hielt!

Für mich selbst überraschend kam ich genau in diesem Augenblick. Zurückhalten konnte ich es nicht. Ich hatte nicht einmal gemerkt, dass wir bereits am Flughafen angekommen waren. Tim beugte sich zu mir und küsste mich.

»Braves Mädchen, aber nun müssen wir uns beeilen, damit wir unseren Flieger noch erreichen.«

Der Flug war entspannend. An Tim angekuschelt verschlief ich die meiste Zeit. Am Flughafen allerdings erwartete uns eine Überraschung, mit der wir nicht gerechnet hatten. Wir traten aus dem Abfertigungsgebäude und erblickten zu unserer Verwunderung Nick.

Die Freude, dass er uns hier begrüßte, wich bei mir sofort wieder diesem unguten Bauchgefühl. Irgendetwas war passiert und es war mit Sicherheit nichts Gutes. Ich sollte sowas von Recht damit haben.

Nick überreichte Tim einen Umschlag. Er öffnete ihn und sein Gesicht wurde erst bleich vor Schreck und dann sah ich unermessliche Wut. Was um Himmelswillen war da drin?

Nick reichte mir den Umschlag, obwohl Tim den Kopf schüttelte. Da hatte ich den Inhalt schon in meinen Händen und meine Welt fing an, sich zu drehen, mein Glück zersprang. Ich hielt Fotos von mir in den Händen: Ich im Auto, ich im Haus, ich im Wald und ich war eindeutig zu erkennen.

Oh mein Gott, ich hatte mir nicht eingebildet, verfolgt zu werden und der Einbruch war kein Zufall. Die Erkenntnis kam sofort. Wer war das, der mich fotografiert hatte und was wollte er?

Mich erpressen, Tim erpressen, mich bloßstellen oder uns beide?

Ich wusste nichts mehr. Ich fiel einfach in seine Arme und er fing mich auf.

»Ich werde das klären, Cat. Keine Angst, dir wird nichts passieren.«

Würde es das? Konnte er mich beschützen für eine lange Zukunft? Ich hoffte es, denn mir wurde gerade bewusst, dass ich diesen Mann liebte.

Entführt und benutzt

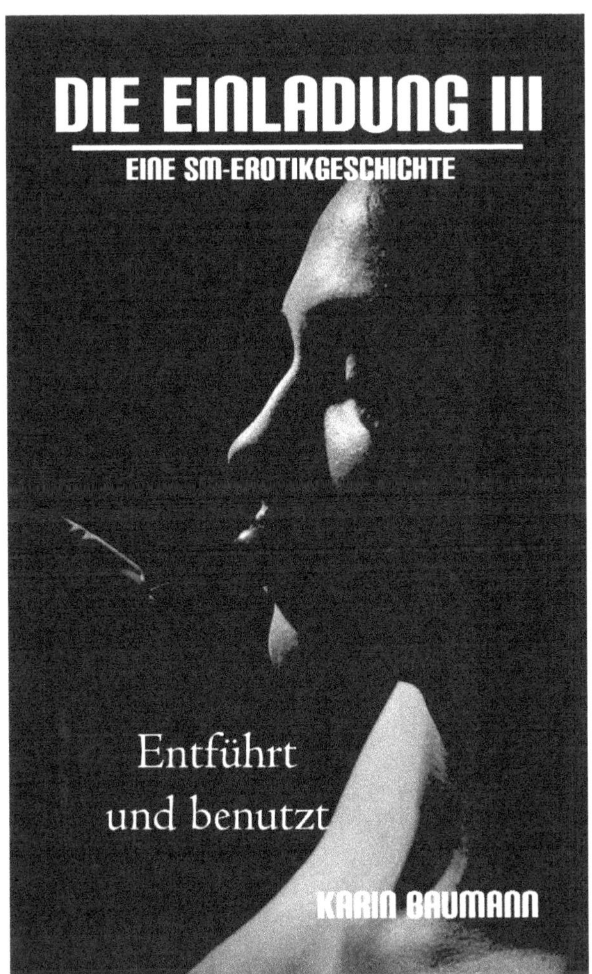

Ich schreckte aus dem Schlaf und schrie laut auf. Oh nein, was für ein schrecklicher Albtraum! Ich hatte geträumt, jemand hätte Fotos von mir gemacht und drohte nun, sie zu veröffentlichen. Genau in diesem Augenblick realisierte ich, dass es gar kein Traum gewesen war, sondern dass die Realität zugeschlagen hatte.

Hemmungslos fing ich an zu weinen. Da spürte ich Hände, die mich hielten. Tims Hände waren da und beruhigten mich, seine Stimme sagte mir immer wieder, dass alles gut werden würde und ich keine Angst haben sollte. Er hielt mich fest, küsste meine Tränen aus dem Gesicht und wartete, bis ich mich halbwegs beruhigt hatte. Nur meine Angst konnte er mir nicht wirklich nehmen.

Die Fotos waren Realität und wurden diese veröffentlicht ... Oh, ich wollte gar nicht darüber nachdenken, was das für Folgen haben könnte. Nicht nur für mich, auch Tims Ruf stand auf dem Spiel.

Was konnten wir nur tun?

Ich wollte die Polizei einschalten, doch das hatte Tim abgelehnt. Er sagte, er hätte andere Möglichkeiten, um das Problem zu lösen. Auf meine Frage, was er genau damit meinte, hatte er nicht geantwortet. Das allerdings beunruhigte mich fast noch mehr.

Mir fiel seine Kampftechnik ein. Was verbarg er alles vor mir?

Wollte ich das wirklich wissen?

Ja, da war ich mir sicher. Ich hatte mich ihm völlig geöffnet. Keine Geheimnisse und kein Verstecken vor ihm, da konnte ich das Gleiche von ihm doch auch verlangen. Oder vielleicht doch nicht? Meine Gedanken drehten sich im Kreis. Ich musste dringend zur Ruhe kommen, um einfach wieder klar denken zu können.

Ich löste mich aus seinen Armen, sah seinen besorgten Blick und lächelte ihn an. Klar, dass er mir das nicht abnahm.

»Ich möchte nur unter die Dusche und danach vielleicht frühstücken?«

Er überlegte einen Moment.

»Am liebsten würde ich dich unter die Dusche begleiten, aber da es mich freut, dass du frühstücken möchtest, werde ich mal etwas für unser leibliches Wohl besorgen.«

Tim stand auf, gab mir einen Kuss auf die Stirn und dann war ich allein im Raum. Eine unfassbare Leere erfasste mich in diesem Augenblick. Mir wurde kalt, also beeilte ich mich ins Bad zu kommen.

Ich drehte das heiße Wasser auf und stellte mich darunter. Das tat so gut. Ich merkte gar nicht, wie heiß das Wasser eigentlich war. Meine Haut rötete sich bereits unter dem Wasserstrahl. Ich nahm Tims Duschbad in die Hand. Ich liebte es so sehr, seinen Geruch einzuatmen.

Langsam verteilte ich den Schaum auf meinem Körper. Meine Finger berührten dabei meine empfindlichsten Stellen. Ich schloss die Augen und stellte mir vor, Tims Hände wären auf meiner Haut, würden mich berühren. Ich genoss dieses Gefühl und vergaß für einen Moment die Welt um mich herum. Der Geruch seines Duschbades vermittelte mir das Gefühl, ganz nah bei Tim zu sein.

Umso mehr erschrak ich, als sich seine Hände tatsächlich von hinten um mich legten.

»Meine Süße, du weißt schon, dass es mein Duschbad ist? Aber ich mag es, wenn du nach mir riechst. Allerdings weiß ich auch, wie wir das noch verstärken können.«

Ich mochte sein Lachen und lehnte mich gegen seinen Körper. Er drehte mich zu sich um, nahm mein Gesicht in seine Hände und küsste mich.

»Stütze dich an der Wand ab, Hände über den Kopf und spreize deine Beine für mich und ja nicht kommen, bevor ich es dir erlaube. Verstanden?«

Und wie ich ihn verstanden hatte. Allerdings machten allein seine Worte mich schon so heiß, dass ich mir sicher war, seinem Befehl nicht Folge leisten zu können. Aber ich stellte mich hin, hob meine Arme und stützte sie an der Wand ab. Ich spreizte meine Beine und spürte, dass ich bereits jetzt völlig nass war und das hatte nichts mit der Dusche zu tun.

Seine Hände glitten über meinen Rücken. Mit seinen Fingernägeln zeichnete Tim Spuren auf meine Haut. Er griff zwischen meine Beine und ich stöhnte laut auf.

»Ja, komm! Ich will dich hören. Ich will, dass du deine Lust herauslässt. Aber kein Orgasmus!«

Selbst wenn er mir das verboten hätte, leise hätte ich nicht sein können. Denn woher er das in diesem Moment auch immer hatte, er schob einen Vibrator in mich hinein und füllte mich damit aus. Ich schrie auf, als er die Vibration auf die volle Stärke stellte und zusätzlich mit seinem Daumen meinen

Kitzler umkreiste. Ich spürte, wie der Orgasmus auf mich zurollte.

Wie zum Teufel sollte ich den verhindern können?

Ich spürte seinen Atem an meinem Hals.

»Du darfst nicht kommen. Vergiss das nicht.«

Ja, toll! Vergessen hatte ich das ja nicht, nur verhindern konnte ich das nun auch nicht. Mit einem lauten Schrei kam ich und im selben Moment zog er den Vibrator aus mir hinaus und schob seinen Schwanz in mich hinein.

Er fickte mich schnell und hart.

Ich hatte Mühe mich aufrecht zu halten. Meine Beine fingen an zu zittern und ich wusste nicht, wie lange ich das durchhalten würde.

»Das hier ist noch gar nichts«, hörte ich ihn in mein Ohr flüstern.

»Warte ab, wie deine Strafe aussehen wird.«

Er wollte mich tatsächlich dafür bestrafen?

Aber ich konnte in diesem Augenblick gar nicht darüber nachdenken. Er fickte mich so erbarmungslos, dass ich das Gefühl hatte zu zerreißen. Und dann kam er, ergoss sich tief in mir. Meine Beine gaben unter mir nach und ich glitt zu Boden. Tim kniete sich zu mir und nahm mich in seine Arme.

Er griff sich den Schwamm aus dem Regal und seifte uns beide ein. Diese Geste war völlig im Gegensatz zu dem eben Erlebten.

»Ich werde mich immer um dich kümmern und dafür sorgen, dass es dir gut geht, Cat. Aber ich verlange auch, dass du meine Anweisungen befolgst. Das wirst du lernen müssen.«

Er verließ die Dusche und trocknete sich betont langsam ab. Ich hatte so ausreichend Gelegenheit seinen Körper zu betrachten. So unvorstellbar heiß. Dann reichte er mir seine Hand und half mir auf die Füße, wickelte mich in einen Bademantel und gab mir einen Kuss auf die Wange.

»Du hast zehn Minuten, dann erwarte ich dich zum Frühstück.«

Mit diesen Worten ging er aus dem Bad.

Okay, zehn Minuten um mich wieder in einen Menschen zu verwandeln. Gut, dass ich nicht viel Wert auf zu viel Make-up legte. Also schnell abtrocknen, Zähne putzen, etwas die Augen betonen, Lipgloss, Haare kurz durchwuscheln – die machten eh, was sie wollten – ja, und dann?

Ich hatte überhaupt keine Sachen mit ins Bad genommen. Bademantel kam nicht in Betracht, der war ja nass.

Was nun?

Gute Frage!

Würde ich wohl nackt zum Frühstück erscheinen müssen. Bei diesem Gedanken konnte ich mir ein Grinsen nicht verkneifen. Ich öffnete die Tür und betrat das Zimmer. Ich konnte nicht verhindern, dass ich nun doch rot wurde.

Verdammt, eigentlich wollte ich doch völlig lässig wirken. Der Plan ist dann wohl fehlgeschlagen.

»Oh, wie schön. Ich sehe, du bist sehr praktisch gekleidet.«

Sein Grinsen konnte ich fast hören.

»Komm her!«

Langsam und mit gesenktem Kopf ging ich auf Tim zu. Ich wusste, dass er jetzt wahrscheinlich etwas tun würde, was mir nicht gefallen würde. Oder vielleicht doch?

Seine Hand ging zu meinem Kinn und hob meinen Kopf an. Natürlich wollte er, dass ich ihn ansah. Ich hob meinen Kopf und sah direkt in seine Augen. Diese Mischung, die ich da las, faszinierte mich und ließ mich einfach so dahin schmelzen.

Er schaute mich an mit so viel Zärtlichkeit, doch auch seine Dominanz war deutlich wahrzunehmen. Wie hätte ich darauf nicht reagieren können?

Ich wollte mich an seinen Körper schmiegen und seine Wärme spüren.

»Stopp!«

Der Tonfall ließ mich augenblicklich zurückweichen.

Was war das denn, was er da in seiner Hand hatte?

Klemmen!

Oh nein, auf keinen Fall würde ich so etwas tragen. Das ging gar nicht. Wie immer schien er meine Gedanken lesen zu können.

»Doch, du kannst das und wirst es auch tun. Ich werde sie dir anlegen und du wirst sie während wir frühstücken tragen. Außerdem habe ich hier noch etwas für dich. Das wird dich inzwischen etwas von dem Schmerz ablenken.«

Er hielt mir das Vibroei hin. Es war sein Ernst, das wusste ich sofort. Also fügte ich mich. Er beugte mich über den Tisch und fuhr mit seiner Hand durch meine Schamlippen.

»Schon wieder so bereit für mich? Das freut mich!«

Mit diesen Worten steckte das Vibroei auch schon tief in mir. Ein Aufstöhnen konnte ich mir leider nicht verkneifen.

Tim drehte mich zu sich um und hielt mich kurz fest.

»Das wird jetzt wehtun. Ich möchte, dass du tief Luft holst. Der Schmerz lässt gleich wieder nach.«

Der hatte leicht reden. Als sich die erste Klammer um meine Brustwarze schloss, traten mir unwillkürlich Tränen in die Augen und ich hielt die Luft an.

»Atmen, Cat!«

Das sagte der so einfach, das tat so irre weh. Da schaltete er das Vibroei ein und tatsächlich lenkte es mich von dem Schmerz ab. Für den Moment zumindest. Denn in diesem Augenblicke schnappte die zweite Klemme zu und ich schrie einfach nur noch auf.

Seine Finger strichen mir die Tränen aus dem Gesicht und er brachte mich zum Tisch. Das Fiese daran war: Die kleinen, unscheinbaren Gewichte an den Klemmen bewegten sich bei jedem Schritt von mir und der Schmerz war sofort wieder präsent. Irgendwie hatte ich keinen Hunger mehr.

Ich hoffte einfach das Frühstück wäre schnell vorbei und diese Tortur damit für mich beendet.

Wie war das gleich mit den Gedanken lesen?

»Das Frühstück beende selbstverständlich ich. Nur falls du eventuell heute keinen großen Hunger haben solltest.«

Prima, Cat. An meinem Pokerface sollte ich definitiv noch arbeiten. Er hatte ja ein leichtes Spiel mit mir, wenn er alle meine Gedanken einfach so ablesen konnte. Irgendwie hatte ich das Gefühl, die Zeit würde so vor sich hin schleichen. Natürlich ließ er sich ab und zu etwas von mir reichen: Butter, Marmelade, Käse ... es stand ja genügend auf dem Tisch.

Mein Hunger hielt sich tatsächlich in Grenzen und durch das Vibroei in mir wäre ich am liebsten auf meinem Stuhl hin und her gerutscht. Die Klemmen bemerkte ich allerdings bei jeder Bewegung, also versuchte ich, einfach nur still zu sitzen. Sein Grinsen zeigte mir dabei mehr als deutlich, dass er sehr genau wusste, wie ich mich fühlte.

»Du wirst wenigstens deinen Kaffee trinken und etwas Obst essen. Ansonsten fällt mir sicher noch etwas anderes ein.«

Das war definitiv eine Ansage. Ich versuchte sehr vorsichtig meine Kaffeetasse zu greifen.

»Aua!«

Es tat echt weh und die Tränen stiegen mir wieder in die Augen.

»Trink!«

Seine Worte ließen mich gehorchen, als wenn sich mein Körper über den Schmerz hinwegsetzte. Aber das war es gar nicht und er wusste es. Es war mein Stolz, den er damit hervorbrachte und ja, auch einen Funken Trotz.

Ich wollte ihm beweisen, dass ich das konnte. Die Erkenntnis ließ mich tatsächlich den Schmerz zwar nicht vergessen, aber erträglich werden lassen. Ein Grinsen konnte ich mir in diesem Augenblick nicht verkneifen.

»Siehst du. Ich wusste du kannst das!«

Irgendwann war unser Frühstück beendet. Hätte ich allerdings gewusst, was mich nun erwartete, ich hätte wohl sehr großen Appetit entwickelt. Tim nahm meine Hand, zog mich kurz in seinen Arm und gab mir einen Kuss auf die Stirn.

»Das wird jetzt sehr weh tun. Schön tief Luft holen, Cat.«

Bevor ich auch nur im Ansatz darüber nachdenken konnte, nahm er die erste Klemme ab. Ich schrie laut auf. Der Schmerz war so unglaublich intensiv! Ich spürte förmlich, wie das Blut wieder zu zirkulieren begann. Ich ging in die Knie. Doch Tim hielt mich fest. Er griff nach der zweiten Klemme und ich schrie nur noch laut: »Nein!«

»Doch, das wirst du jetzt aushalten müssen. Los, sieh mich an und halte dich an mir fest.«

In diesem Moment öffnete er die Klemme. Mir wurde schwarz vor Augen. Irgendwann schlug ich die Augen auf und blickte in sein besorgtes Gesicht.

»Zumindest weiß ich jetzt, was du nicht erträgst. Schmerzen dieser Art werden vorläufig ein Tabu sein. Einverstanden?«

Ich konnte nur nicken. Die Tränen, die mir immer noch die Wangen hinunterliefen, verhinderten, dass ich sprechen konnte. Tim nahm mich fest in seinen Arm, streichelte über meinen Rücken und versuchte mich zu beruhigen. Aber meine Tränen wollten einfach nicht versiegen.

»Lass es einfach raus, Cat. Es ist gut so. Ich bin hier und halte dich, solange es dauert. Alles ist gut.«

Ich ließ mich in seinen Arm fallen und dann hörten auch die Tränen auf. Ich spürte nur noch seine Nähe und fühlte seine warme Haut auf meiner. Er begann, mich zu küssen, ganz vorsichtig den Hals entlang, dann behutsam meinen Körper hinabgleitend.

Ich war wie elektrisiert und mein ganzer Körper war angespannt. Mir war gar nicht bewusst, wie erregt ich bereits war.

Konnte das sein, trotz der Schmerzen eben?

Wieder einmal schien er meine Gedanken erraten zu haben.

»Das ist normal, diese Erregung nach dem Schmerz. Du musst dich einfach nur fallen lassen, meine Schöne.«

In diesem Moment begann Tim meinen Kitzler mit dem Daumen zu massieren und stellte das Vibroei in mir wieder hoch. Ich spürte gerade noch, wie ich von unbeschreiblicher Lust ergriffen wurde, da bäumte sich mein Körper auch schon auf. Ich hatte das Gefühl, es würde gar nicht mehr aufhören.

Da zog er das Vibroei aus mir heraus und setzte seinen Schwanz an. Ich stöhnte auf, genau wie er, als er mit einem einzigen Ruck in mich eindrang. Dieses Gefühl war so unbeschreiblich, dass ich sofort in den zweiten Orgasmus fiel.

Ich zog ihn tief in mich hinein, während er sich in mir ergoss. Er hielt mich eine gefühlte Ewigkeit in seinen Armen fest. Ich liebte dieses Gefühl der Geborgenheit bei ihm schon viel zu sehr. Aus irgendeinem Grund setzte sich dieser Gedanke in mir fest und ließ mich kurz erschaudern.

Tim blickte besorgt auf mich, so dass ich ihm ein Lächeln schenkte. Trotzdem hatte ich das Gefühl, er wusste, dass etwas nicht stimmte. Aber diesmal sagte er nichts. Er stand auf und reichte mir die Hand.

»Komm, Cat. Wir gehen noch mal duschen und dann müssen wir uns wohl ein wenig um den Alltag kümmern. So leid wie mir das auch tut. Ich könnte noch so vieles mit dir anstellen.«

Unter der Dusche hatte mich die Realität wieder komplett im Griff und die Gedanken an die verflixten Fotos kamen zurück.

Mein Ruf?

Na, ich hatte noch keinen. Als Fotografin wurde ich hin und wieder gebucht, aber da ging es auch immer um Kunst. Künstler würden die Fotos wohl eher nicht so eng sehen. Oder doch?

Ich konnte es nicht beurteilen. Aber davon abgesehen wollte ich mein Sexleben nicht irgendwo öffentlich ausgebreitet sehen.

Tim sicherlich erst recht nicht, denn er war nicht nur Künstler, er war auch Geschäftsmann. Meine Gedanken fuhren Achterbahn. Ich hatte das Gefühl, alles um mich drehte sich. Da stand Tim plötzlich vor mir.

»Mach dir keine Gedanken. Ich habe dir versprochen, mich darum zu kümmern. Hab keine Angst. Ich beschütze aus Prinzip mein Eigentum.«

Sein Eigentum?

War ich tatsächlich sein Eigentum?

Vor ein paar Wochen hätte ich mich strikt geweigert eine derartige Formulierung hinzunehmen. Aber ehrlich gesagt, lehnte ich mich jetzt nur an ihn und war froh die

Verantwortung abgeben zu können. Ich hatte leider nicht bemerkt, dass er inzwischen angezogen war. Nun, jetzt war er zumindest pitschnass. Bei diesem Anblick musste ich lachen.

»Okay, wenn es auch gerade auf meine Kosten ist und ich mich wohl noch einmal umziehen muss, aber lachend bist du mir einfach lieber.«

Er gab mir einen Kuss auf den Hals, warf mir ein Handtuch zu und verließ wieder das Bad.

Ich zog mich an. Er hatte recht: Wer auch immer hier versuchte mich einzuschüchtern, diesen Triumph würde ich dem nicht bieten. Auf gar keinen Fall.

Gemeinsam verließen wir die Wohnung. Ich holte tief Luft. Der Sauerstoff tat mir gut.

»Ich lass dich jetzt sehr ungern allein, aber ich muss mich um ein paar Sachen kümmern. Ich habe ja keinen Partner im Moment. Ich muss schauen, ob er nicht irgendwelche Aktionen gegen mich gestartet hat. Glaube ich zwar nicht, aber verletzter Stolz ist gefährlich.«

Ich sah ihn an und wusste, wie recht er damit hatte. Wie sehr allerdings, wussten wir da beide noch nicht. Er setzte mich in der kleinen Redaktion ab, für die ich die Fotos auf seiner Ausstellung gemacht hatte. Ich wollte schauen, ob es eventuell einen neuen Auftrag für mich gab.

Ich betrat den kleinen Laden und hatte ein seltsames Gefühl. *Nicht schon wieder*, dachte ich. Aber das Gefühl blieb.

Der zuständige Redakteur winkte mich an seinen Tisch. Ich hoffte, die letzten Bilder waren in Ordnung. Oder waren hier etwa die Fotos von mir aufgetaucht?

Hoffentlich nicht. Aber er trat mir freundlich wie immer entgegen. Innerlich atmete ich erst mal auf.

»Hallo Cat, wir haben hier etwas für dich. Kam gestern rein. Die Auftraggeber haben explizit nach dir gefragt. Bestimmt hast du schon einmal Fotos für sie gemacht.«

Möglich war das natürlich, aber meine innere Stimme warnte mich.

»Allerdings wäre der Termin schon in einer Stunde. Das ist doch kein Problem, oder?«

Das war eine Feststellung und keine Frage. Doch ich brauchte einen neuen Auftrag, die Miete zahlte sich halt nicht von selbst.

»Nein, kein Problem. Zeig her, was du da für mich hast.«

Schon war der Umschlag in meiner Hand. Büttenpapier, nicht schlecht. Eine Fotoausstellung! Echt?

Eine Ausstellung mit Fotos zu fotografieren hatte schon etwas Seltsames, aber gut. Der Kunde wollte einen Artikel über seine Bilder, um den Verkauf etwas anzukurbeln. Das war legitim und leuchtete mir ein.

Es gab was?

Eine Kleiderordnung?

Das war ja wohl ein Witz. Ich sah den Redakteur fragend an.

»Nur Leute mit Geld dort, Cat. Er bestand darauf, dass du ein schwarzes Businesskleid trägst. Du weißt, dass es uns sonst egal ist.«

Ja, das wusste ich. Ach, was sollte es? Wenn ich mich beeilen würde, könnte ich mich zu Hause noch kurz umziehen und inzwischen konnte ich mein Kleid ja wieder leiden.

Bei diesem Gedanken musste ich sofort an Tim denken.

»An was denkst du denn gerade? Du hast ja einen völlig verklärten Blick. So kenne ich dich ja gar nicht. Gibt es etwa einen Mann in deinem Leben? Du weißt, ich will jedes schmutzige Detail wissen. Schließlich sind wir hier die Presse.«

Ich wurde rot und sagte etwas von ich müsste mich beeilen und schon war ich weg. Vor der Tür rief ich Tim an und musste ihm erklären, dass wir nicht gemeinsam Mittagessen konnten. Aber dafür hatte er Verständnis. Job war halt Job, auch bei ihm. Er wollte nur, dass ich mich regelmäßig bei ihm meldete.

Warum?

War etwas passiert?

Aber er versicherte mir, dass sein Bruder und er alles im Griff hatten. Ich sollte einfach schöne Fotos machen und mich auf den Abend freuen. Er hätte eine besondere Überraschung für mich. Überraschungen mochte ich irgendwie immer noch nicht, aber gut, seine vielleicht schon.

Ich fuhr in meine Wohnung. Was für ein eigenartiges Gefühl. Wieso fühlte ich mich hier auf einmal fremd?

Ich wusste es. Tim!

Er war nicht bei mir und ohne ihn würde ich mich wohl überall fremd fühlen. Wie konnte er nur so schnell dieses Gefühl bei mir erzeugen?

Ich betrat mein Schlafzimmer und dort lag mitten auf dem Bett eine große Schachtel. Oh mein Gott, jemand musste in meiner Wohnung gewesen sein! Panik stieg sofort in mir hoch. Da erkannte ich die Handschrift auf dem Zettel, der oben auf der Schachtel lag.

Tim!

Ich atmete hörbar auf und trat an mein Bett.

»Meine Süße, da ich weiß, dass an dem letzten schwarzen Kleid schlechte

Erinnerungen hängen, dachte ich, ich schulde dir zumindest ein neues Kleid. Das Armband ist ein Geschenk, von dem ich möchte, dass du es immer trägst. Ganz gleich, wo du dich gerade aufhältst. Und Cat, das ist kein Wunsch von mir. Mach es bitte!«

Ein Kleid und ein Armband?

Ich packte beides aus und mir stockte der Atem. Das Kleid war bezaubernd, gar keine Frage. Aber das Armband war ... Mir fehlten dafür die Worte. Ein schlichtes Armband, mit einem Charmsanhänger: ein kleiner Fotoapparat. Wie passend für mich. Natürlich.

In diesem Augenblick klingelte mein Telefon.

Tim!

Ich wusste es, noch bevor ich die Nummer im Display sah.

»Gefällt es dir?«

Seine Stimme klang fragend, als wäre er sich nicht ganz sicher. In diesem Moment dachte sich wohl mein kleines Teufelchen auf der Schulter, ein wenig Rache für den Schreck beim Betreten meiner Wohnung wäre ok.

»Ja, das Kleid gefällt mir ganz gut, zumal schwarz ja immer passt.«

Ich hörte ihn am anderen Ende schlucken.

»Du kleines Biest! Sei froh, dass du gerade nicht hier bist!«

Hm, sollte ich darüber froh sein?

Eigentlich wünschte ich mir nichts mehr als seine Nähe.

»Es gefällt mir! Es ist so unglaublich schön! Danke!«

Tim atmete auf, ich konnte es hören.

»Das freut mich, Süße. Im Laufe der Zeit werden es wohl auch mehr Anhänger werden. Aber da alles damit angefangen hat, dass du mir mit deinem Fotoapparat über den Weg gelaufen bist, dachte ich, das wäre passend für dich. Du musst mir versprechen, es immer zu tragen, Cat!«

Das würde ich sowieso, denn so hatte ich ihn ja schließlich immer irgendwie bei mir. Ich hatte allerdings das Gefühl, da war noch mehr. Es schien ihm so unglaublich wichtig zu sein, dass ich es ihm tatsächlich versprach: „Ja, natürlich werde ich es immer tragen. Es ist so wunderschön.“

»Danke, Cat. Und nun mach, dass du loskommst. Ich möchte ja nicht, dass du zu spät zu deinem Termin kommst.«

Ich erschrak. Richtig, viel Zeit blieb mir tatsächlich nicht mehr. Das Kleid saß perfekt, aber daran hatte ich auch nicht gezweifelt. Ich legte das Armband um.

Irgendwie hatte ich das eigentümliche Gefühl mit einem Mal sehr eng mit Tim verbunden zu sein. Ich schüttelte über mich selbst den Kopf, nahm mein Telefon zur Hand und rief mir ein Taxi.

Der Taxifahrer hob erstaunt die Augenbraue, als ich ihm die Adresse nannte.

»Was möchte denn eine so schöne Frau in diesem heruntergekommenen Industriegebiet?«

Mir lag auf der Zunge, dass ihn das ja wohl nichts anginge, aber er hatte besorgt geklungen. Vielleicht hatte er ja eine Tochter in meinem Alter und ich musste ihn ja nun wirklich nicht anzicken.

»Ein Fotoauftrag.«

»Jetzt verstehe ich auch, warum Sie so viel Fotoequipment mit sich herumtragen. Sie sind Fotografin?«

Dass Taxifahrer sich auch immer unterhalten mussten. Eigentlich wollte ich die Fahrt im Stillen genießen. Auf der Ausstellung würde es noch genügend Smalltalk geben.

Zum Glück bemerkte er scheinbar von allein, dass ich keine Lust auf Konversation verspürte. Er schwieg den Rest der Fahrt. Am Ziel angekommen beschlich allerdings auch mich ein seltsames Gefühl. Es war ein extrem einsamer Ort.

Das Fabrikgelände schien schon ewig verlassen. Ich wusste durchaus, dass einige

Künstler solche Locations liebten. Aber ich fühlte mich hier unwohl.

Der Taxifahrer reichte mir meine Sachen.

»Soll ich noch einen Moment warten? Vielleicht schauen Sie erst einmal, ob sie hier auch richtig sind. Es wirkt schon etwas verlassen.«

Ich wusste seine Fürsorge zu schätzen, aber die Adresse stimmte mit der auf der Einladung überein. Ich hatte es gerade noch einmal überprüft. Also lehnte ich lächelnd ab.

Er stieg in sein Auto und fuhr davon.

Ich stand vor dem verfallen wirkenden Fabrikgebäude. Mein Bauchgefühl warnte mich.

Ich zog mein Handy heraus. Na toll, kein Empfang. Ich hätte jetzt gern Tims Stimme gehört. Aber wahrscheinlich hatte er ohnehin zu tun. Ich nahm also meine Sachen und öffnete die Tür. Hätte ich das bloß nie getan. Ich wusste doch, dass ich mich auf mein Gefühl verlassen konnte. Und dieses Gefühl schrie jetzt förmlich: Renn weg!

Aber ich öffnete die Tür und betrat die Halle. Das Erste, was ich wahrnahm: Es war dunkel und es war kalt. Nicht passend für eine Ausstellung.

Ich ging wieder einen Schritt zurück. Da fiel hinter mir die Tür zu. Ich hörte, wie sie abgeschlossen wurde.

Panik!

Was sollte das?

Dann plötzlich helles Licht! Und das, was ich dann sah, ließ mir das Blut in den Adern gefrieren. Mitten im Raum eine Art Rahmen. Oben und unten daran befestigte Fesseln, nein, eher Ketten. Daneben auf einer Bank Peitschen, Gerten, Rohrstöcke und Sachen, die ich noch nie gesehen hatte. Und dann erst die Wände!

Überall an den Wänden hingen Fotos von mir. Fotos von der ersten Ausstellung, wie ich vor der Skulptur stand. Ein Foto, als Tim mich in der Gasse an sich zog und eins in seinem Auto.

Ja, genau das, wo ich das Gefühl gehabt hatte, mich hätte jemand fotografiert. Unzählige Fotos von mir im Wald. Ein Profilbild von mir aufgenommen ... genau während eines Orgasmus!

So viel Fotos, so intim. Mir kamen die Tränen.

Wer war das?

Wer tat mir das hier an und warum?

Ich drehte mich einmal um mich selbst, aber es hingen tatsächlich an jeder Wand Fotos. Mein gesamtes Leben der letzten Wochen hing hier. Nein, explizit hing nur mein Sexleben mit Tim an den Wänden.

Plötzlich hielt mir jemand etwas von hinten vor den Mund. Ein süßlicher Duft stieg mir in die Nase. Ich war wie gelähmt und konnte mich nicht wehren. Verdammt! Wir wurde schwindlig. Mein Körper fühlte sich an wie in Watte gepackt. Schließlich umfing mich Dunkelheit.

Allmählich kam ich wieder zu mir. Obwohl es mir, als mir meine Situation bewusstgeworden war, lieber gewesen wäre, wieder in eine Ohnmacht zu sinken. So gnädig war mein Körper allerdings nicht mit mir.

Ich stand inzwischen gefesselt in diesem Rahmen, meine Hände so weit nach oben gezogen, dass es mir nur noch mit den Zehenspitzen möglich war, den Boden zu berühren. Meine Arme taten mir jetzt schon unglaublich weh.

Irgendetwas Fremdes befand sich in meinem Mund. Ich vermutete ein Knebel.

Vor mir standen mehrere Personen. Alle hatten Masken auf. Ich konnte nicht erkennen, ob ich jemanden kannte. Ich fühlte, dass auch hinter mir jemand stand. Dieser Mann hatte eine Präsenz, die ich schon einmal wahrgenommen hatte. Und plötzlich wusste ich, wer es war. Ich wusste, um was es ging und unendliche Panik erfasste mich. Tränen stiegen in meine Augen.

»Ich sagte dir doch: Tim und ich teilen alles. Nur dich wollte er ausschließlich für sich behalten. Du wirst verstehen, dass ich das so nicht akzeptieren konnte. Wie wir alle auf den Fotos sehen können, bist du dafür ein viel zu verlockendes Spielzeug.«

Mir wurde eiskalt bei diesen Worten. Tims ehemaliger Partner! Das konnte doch nicht wahr sein! Ich zerrte an den Ketten, aber außer Schmerzen brachte mir das gar nichts ein. Er lachte nur.

»Wir werden jetzt etwas Spaß haben und wenn ich mit dir fertig bin, schauen wir mal, ob dein vermeintlicher Held dich dann überhaupt noch haben will. Ich denke eher nicht, der steht nicht so auf Gebrauchtes.«

Seine Worte trafen mich wie Messerstiche.

Wie sollte ich hier nur entkommen?

Hilfe konnte ich wohl nicht erwarten. Von wem auch?

Ich versuchte, ruhig zu atmen. Ich musste nachdenken. Brachte es was, wenn ich mich auf sein Spiel einlassen würde?

Würde er mir abkaufen, dass ich froh war, dass er mich auch begehrte? Vor allem konnte ich das überhaupt, ohne dass man mir meinen Ekel ansehen würde? Egal, ich musste es einfach versuchen, wenn ich hier eine Chance haben wollte, raus zu kommen. Aber ich musste glaubwürdig wirken. Wie sollte ich das bloß anstellen?

Denk nach, Cat, los jetzt. Der Knebel in meinem Mund machte es mir unmöglich mich verbal zu äußern. Also musste ich versuchen Blickkontakt aufzubauen. Zu meinem Glück, naja, was man jetzt so Glück nennen konnte, kam er jetzt nach vorne. Wahrscheinlich wollte er die Angst in meinen Augen sehen und das genießen. Aber mit Blicken konnte ich ja umgehen. Ich setzte meinen *Komm und verführe mich* Blick auf –und ja, er reagierte. Was für ein Idiot, wahrscheinlich hat er noch nie was von der Hinterlist der Frauen gehört. Er hob erstaunt die Augenbraue und da wusste, ich hatte eine Chance. Ich musste einfach eine haben.

»Hast du etwa Gefallen an meinem Spiel gefunden?«

Jetzt wusste ich, dass ich ihn hatte. Wenn er eine Antwort von mir erwartete, musste er mir den Knebel abnehmen. Doch leider tat er mir den Gefallen nicht. Plötzlich hatte er ein Messer in der Hand und eine Panik wollte wieder hochkommen.

Das konnte ich nicht zulassen, das ging einfach nicht. Also ruhig atmen. Er kam mit dem Messer immer näher, strich damit meinen Hals entlang. Kurz hielt ich die Luft an.

»Angst? Das gefällt mir.«

Oh nein, diese Genugtuung durfte ich ihm nicht geben. Auf gar keinen Fall!

Langsam streifte er jetzt mein Kleid entlang. Er benutzte das Messer dafür, mir das Kleid vom Leib zu schneiden.

Die um mich herum Stehenden klatschten Beifall. Aber das registrierte ich kaum. Ich musste mich auf ihn konzentrieren.

Jetzt zerschnitt er meinen BH und meinen Slip. Ich stand also in diesen Rahmen gefesselt und hatte nur noch Strümpfe und Schuhe an. Der Anblick schien ihn noch weiter anzutörnen. Das Messer wanderte über meinen ganzen Körper. Dann ließ er mit einem Mal von mir ab. Er trat wieder hinter mich und schob etwas unter meinen Beinen durch. Leider war ich so angebunden, dass ich nicht sehen konnte, was es war. Ich bekam es aber fast sofort zu spüren.

Eine Art Bock bestückt mit zwei Vibratoren. Das Teil konnte man in der Höhe verstellen. Was er gerade tat und mir damit zugleich beide Vibratoren einführte. Netterweise waren sie wenigstens mit Gleitgel versehen, so dass sich die Schmerzen in Grenzen hielten und ich in der Lage war, mich weiter zu konzentrieren. Natürlich schaltete er beide sofort ein und ich hatte keine Möglichkeit mich dem zu entziehen.

Er zeigte mir jetzt etwas, was ich mir nicht erklären konnte. Er bemerkte meinen fragenden Blick und grinste einfach gemein.

»Eine Elektrode, meine Süße. Dein Kitzler soll ja auch etwas Spaß bei dem Ganzen hier haben.«

Strom? War der Kerl denn völlig verrückt?

Da spürte ich auch schon den ersten Stromschlag und zuckte zusammen. Ich zerrte an meinen Fesseln, aber das brachte mir gar nichts.

»Wir lassen unsere Schöne mal ein wenig entspannen und gehen nach nebenan. Es gibt kalte Getränke und natürlich werden die Fotos versteigert. Deswegen sind wir ja hier.«

Der wollte allen Ernstes meine Fotos versteigern! Aber das war jetzt egal, denn ich hatte das Gefühl, hier heraus zu kommen, war fast unmöglich, was ich auch anstellen würde. Ich begann, die Hoffnung zu verlieren. Die permanenten Stromstöße und die Vibratoren taten ihr Übriges.

Man, Cat, jetzt reiß dich zusammen!, hörte ich meine innere Stimme sagen. Die hatte ja auch gut reden, sie war der Tortur hier nicht ausgesetzt. Dann war ich allein in diesem furchtbaren Raum. Angekettet, ausgeliefert, gequält und überall vor mir die Fotos. Fotos, die mich an die Zeit mit Tim erinnerten. Und genau das war es.

Verdammt!

Tim! Schon allein für ihn musste ich hier heraus. Ich liebte diesen Mann doch.

Es dauerte eine Ewigkeit bis alle wieder den Raum betraten. Aber inzwischen hatte ich wenigstens genügend Zeit gehabt, meine Fassung wieder zu gewinnen.

»Na, Kleine. Hattest du auch Spaß hier so ganz allein?«

Dieses Grinsen würde ihm noch vergehen. Oh ja, ganz sicher. Er schaltete alles aus und löste sogar die Ketten. Einen Moment überlegte ich, einfach loszurennen. Aber mein Körper war viel zu sehr beansprucht worden und meine Beine zitterten, so dass ich nicht einmal ohne Hilfe stehen konnte. An Laufen war also nicht zu denken. Aber gut, tat ich mal so, als wäre ich jetzt bereit, mich ihm zu unterwerfen.

Ich schlang meine Arme um seinen Hals, denn so hatte ich wenigstens Halt. Für ihn musste das anders wirken und so war es ja auch von mir beabsichtigt. Es schien zu funktionieren.

Sollte ich doch Glück haben?

Hauptsache ich konnte ihn überzeugen und würde hier herauskommen. Koste es, was es wollte.

»Hey, es scheint, du hast mich vermisst und bist doch gar nicht so abgeneigt. Schau mich an!«

Oh, oh … Anschauen war keine gute Idee. Hoffentlich konnte er in meinem Gesicht nicht meine wahren Gedanken ablesen. Also schnell den unschuldigsten Blick, den ich in petto hatte, aufsetzen und ihn demutsvoll angeblickt. Bitte, lass das Funktionieren!

Er sah mich an und ich hatte das Gefühl, der Blick würde mir durch und durch gehen, aber ich hielt ihm stand. Er strich mir die Haare aus dem Gesicht. Ich wagte nicht einmal zu atmen. Aber ich hatte ihn wohl überzeugt.

»Meine Herrschaften, die Party ist beendet. Lassen Sie ihre Gebote für die Bilder bitte am Eingang zurück. Sie werden benachrichtigt, sollten Sie das Gewünschte ersteigert haben. Ich bitte darauf zu achten, dass wir sie zur absoluten Verschwiegenheit verpflichtet hatten und das betrifft auch alle Fotos, die sie während ihres Aufenthaltes bei uns gemacht haben. Ich warne noch einmal ausdrücklich: Sollten Fotos öffentlich auftauchen, hören sie sicher von unseren Anwälten.«

Es sind weitere Fotos gemacht worden? Oh mein Gott, das hatte ich gar nicht registriert. Dass sie angeblich nicht veröffentlich werden durften, beruhigte mich da nur bedingt. Aber mich jetzt darum zu sorgen, dafür fehlte mir die Kraft.

Ich musste mich voll auf diesen widerlichen Typen konzentrieren, wenn ich eine Chance zur Flucht haben wollte. Die Gäste verließen alle nach und nach den Raum und dann stand ich allein mit ihm da. Immer noch hielt ich mich an ihm fest, aber so langsam kehrte die Kraft in meinen Körper zurück. Die würde ich auch brauchen.

»Dann bringe ich dich hier mal weg. So toll ist es hier ja nicht. Ich möchte dich an einem schöneren Ort genießen. Wenn du brav bist ... Nein, das Risiko ist mir zu groß. Vielleicht überlegst du es dir anders. Du verzeihst also, wenn ich dich jetzt fessel und knebel, mein Schöne?«

Schon hatte er Klebeband in der Hand, verklebte mir den Mund und fesselte meine Hände auf meinem Rücken. Er legte mir einen Mantel um und wir verließen das Gebäude.

Es war inzwischen hell geworden. Verdammt, ich hatte jegliches Zeitgefühl verloren. Wie lange war ich denn hier gewesen? Am Auto öffnete er den Kofferraum und hob mich hinein. Bitte nicht! Aber was sollte ich dagegen tun? Wie lange wir fuhren?

Ich hatte keine Ahnung. Mir tat alles weh. Es kam mir unendlich lange vor, bis das Auto endlich anhielt und der Kofferraum geöffnet wurde. Eine Tiefgarage. Vielleicht war hier jemand?

»Falls du Angst hast uns könnte hier jemand entdecken: Das Gebäude ist gerade erst fertig geworden und nur Tim und ich haben hierfür die Schlüssel. Und Tim wird ganz sicher nicht hier sein. Wir sind ganz allein.«

Bei der Erwähnung von Tim zog sich mein Herz zusammen. Ich versuchte, mir den Schmerz nicht anmerken zu lassen. Doch er lachte. Er musste meine Reaktion bemerkt haben.

»In ein paar Stunden denkst du nicht mehr an ihn. Dafür werde ich schon sorgen.«

Damit hatte er definitiv unrecht. Er legte eine Decke über mich und hob mich über seine Schulter. Wir fuhren mit einem Fahrstuhl, scheinbar bis in das oberste Stockwerk. Das dürfte eine Flucht erschweren.

Ich spürte, wie er mich irgendwo hinlegte und mir dann die Decke vom Kopf zog. Ein heller Raum und in der Mitte eine Art Bock, über den er mich gelegt hatte, wo er nun meine Hände und Füße fixierte und mit seinen Fingernägeln über meinen Rücken glitt. Mir wurde kalt.

»Es gefällt mir, wenn du zitternd vor mir liegst. Aber gleich wirst du auch noch schreiend vor mir liegen.«

In diesem Augenblick sah ich diese Klammern in seiner Hand. Normale Wäscheklammern, allerdings mit einer Schnur verbunden. Und das waren extrem viele. Was wollte er denn bloß damit machen?

Leider sollte ich das bald herausfinden.

Aber zunächst nahm er eine Peitsche in die Hand. Und schlug zu. Mit aller Wucht. Ich schrie auf! Der Schmerz war unerträglich.

»So ist es richtig, meine Schöne. Schön laut schreien. Das gefällt mir.«

Die nächsten Schläge versuchte ich zu ertragen, denn ich wollte ihm seine Genugtuung einfach nicht geben. Irgendwann konnte ich es aber nicht mehr ertragen. Aber dann war es auch vorbei.

»Nett siehst du jetzt aus. Leider habe ich nun ein paar geschäftliche Termine. Damit es dir nicht langweilig wird, habe ich noch etwas Schönes für dich vorbereitet.«

Die Klammern. Ich wusste sofort, dass er die meinte. Und leider behielt ich damit recht. Er fing an die Klammern an den Innenseiten meiner Oberschenkel zu befestigen, an meinen Schamlippen, am Kitzler, den Bauch hochgehend, dann meine Brust, drei Klammern an den Brustwarzen und auf meiner anderen Körperseite das Ganze wieder zurück.

Ich wusste nicht, wie ich das aushalten sollte. Er stellte sich vor mich und ich sah, dass er einen Fotoapparat in der Hand hielt. Noch mehr Fotos also. Er zog einmal an der Schnur, sodass der Schmerz noch stärker wurde. Dann ließ er mich allein.

Die Zeit schien still zu stehen. Ich versuchte, so flach wie möglich zu atmen, dadurch wurden die Schmerzen erträglich. Würde es etwas bringen, wenn ich um Hilfe schrie?

Vielleicht war doch jemand in diesem Gebäude. Ich musste es wenigsten versuchen. Also schrie ich, obgleich durch die Bewegung die Schmerzen unerträglich wurden. Irgendwann hielt ich es nicht mehr aus und mein Körper gab einfach auf und ich fiel in Ohnmacht.

Ich war scheinbar völlig im Delirium, denn als ich wieder zu mir kam, hatte ich tatsächlich das Gefühl, Tim wäre in meiner Nähe. Mein Unterbewusstsein schien mir einen Streich zu spielen und trotzdem nahm ich meine letzte Kraft zusammen. Ich schrie noch einmal so laut es mir möglich war. Dann hörte ich Schritte und das Öffnen der Tür.

Kam mein Peiniger zurück?

Oder sollte es doch Hilfe sein?

Ich nahm es nicht mehr wahr, mein Körper versagte erneut. Ich bemerkte, wie die Klammern gelöst wurden, die Schmerzen ließen mich aus der Ohnmacht aufwachen. Dann hörte ich eine Stimme. Seine Stimme!

Tim! Hoffentlich war das jetzt keine Einbildung. Bitte nicht!

»Süße, schau mich an. Ich weiß, das tut weh. Aber ich muss diese Klammern erst abmachen, bevor ich dich hier losbinde. Alles wird gut. Jetzt habe ich dich ja gefunden. Dir kann nichts mehr passieren. Ich verspreche es dir.«

Ich wusste immer noch nicht, ob das hier real war, aber es tat einfach gut, dieses Gefühl er wäre hier, um mich zu retten. Es dauerte eine gefühlte Ewigkeit, dann waren alle Klammern ab und meine Fesseln gelöst.

Ich lag in seinen Armen und jetzt, wo ich ihn mit meinem ganzen Körper fühlen konnte, wusste ich auch, dass er tatsächlich bei mir war. Tim gab mir etwas zu Trinken. Igitt, schmeckte das bitter.

»Ein Schmerzmittel, Cat. Du musst was trinken. Komm, tu mir den Gefallen.«

Darum brauchte er mich gar nicht zu bitten. Ich wusste nicht, wann ich das letzte Mal etwas gegessen oder getrunken hatte. Ein Zeitgefühl hatte ich nicht mehr. Aber ich wusste, dass ich Durst hatte.

Gierig nahm ich die ersten Schlucke aus der Flasche.

»Langsam, Cat. Es ist genügend da. Du darfst nicht so schnell trinken.«

Langsam wurde mein Denken wieder klarer. Das Schmerzmittel schien zu wirken. Ich sah Tim an.

»Wie?«

Mehr Worte brachte ich noch nicht heraus.

»Wie ich dich gefunden habe? Ganz einfach, meine Süße. Dein Armband.«

Was mein Armband? Was für ein Armband?

Dann fiel es mir wieder ein. Bevor ich zu diesem vermeintlichen Job los bin, hatte er mir ein Kleid geschenkt und ein Armband. Aber wie hatte er mich denn damit finden können? Meine Gedanken waren völlig wirr.

»Cat, das Armband hat einen GPS-Sender. Ganz einfach. Ich wollte dich in Sicherheit wissen, auch wenn ich gerade nicht in deiner Nähe sein kann. Ich glaube, du wirst mir recht geben, dass das eine gute Entscheidung war, auch wenn ich es ohne dein Wissen gemacht habe.«

Konnte ich ihm das übelnehmen?

Ganz sicher nicht. Ich war so froh in seinen Armen zu liegen. In Sicherheit. So dachte ich.

»Wir müssen hier weg. Meinst du, du kannst aufstehen, wenn ich dir helfe?«

Ich nickte, denn auch ich wollte hier unbedingt weg. So schnell wie möglich. Tim stand vorsichtig auf und zog mich mit sich hoch. Ich hatte überall Schmerzen, so gut war das Schmerzmittel wohl doch nicht. Aber ich hielt es aus. Hauptsache hier raus.

Wir gingen die paar Schritte bis zur Tür. Kurz bevor wir diese erreichten, wurde sie von außen aufgestoßen. Ich hatte das Gefühl, meine Atmung würde aussetzen. Ich wusste sofort, wer da den Raum betrat. Auch Tim schien die Gefahr zu erkennen. Er lehnte mich gegen die Wand und nahm eine Kampfhaltung ein.

»Na, alter Freund, hast du dein Spielzeug wiedergefunden? Es war doch in Ordnung, dass ich sie mir kurz ausgeborgt habe? Ihre Fotos wurden übrigens zu Höchstpreisen versteigert. Irgendwie musste ich ja zu Geld kommen, nachdem du mich einfach so rausgeworfen hast.«

Mich widerten seine Sätze einfach nur an. Tim ging ganz langsam auf ihn zu. Seine Körpersprache verriet seine innere Anspannung. Seine Wut war deutlich im Raum präsent. Meine Angst allerdings auch.

»Willst du tatsächlich mit mir kämpfen? Nur weil dein Gehirn vernebelt ist wegen dieser kleinen Schlampe?«

Das war scheinbar der Satz zu viel. Tim holte aus und traf ihn mit seiner Faust mitten in das Gesicht. Alles ging dann ganz schnell. Beide beherrschten ihre Kampftechnik sehr gut und sie waren sich absolut ebenbürtig.

Noch immer unter Schock stand ich an der Wand.

Cat, denke!

Irgendetwas musst du doch tun können! Meine innere Stimme wiederholte diese Worte immer wieder. Wie ein Mantra. Ohne die beiden aus den Augen zu lassen, sah ich mich im Raum um. Es widerte mich an, aber mein Blick suchte nach etwas, was ich als Waffe einsetzten konnte.

Die Peitsche lag am anderen Ende des Raumes. Aber ich musste unbemerkt dorthin kommen. Zu meinem Glück waren sie so auf sich konzentriert, dass sie auf mich gar nicht achteten.

Vorsichtig tastete ich mich an der Wand entlang und griff nach der Peitsche. Was allerdings sollte ich damit anfangen? Einfach ausholen und zuschlagen?

Dabei könnte ich auch Tim verletzen. Das wollte ich nicht. Verdammt, mir wusste etwas einfallen und zwar schnell!

In dem Moment kam mir das Schicksal zu Hilfe: Tim stolperte und ging zu Boden. Diesen Augenblick nutzte ich und holte mit aller mir zu Verfügung stehenden Kraft aus und traf meinen Peiniger mitten im Gesicht. Die Haut platzte auf und das Blut lief über sein Gesicht. Er schrie auf.

Diesen Moment nutzte ich für einen weiteren Schlag. Keine Ahnung, wo ich die Kraft dafür hernahm. Wahrscheinlich waren es Wut, Verzweiflung und Panik geeint. Der Schlag traf diesmal seinen Kehlkopf. Er sackte zusammen und blieb liegen.

Ich ließ die Peitsche fallen und ein Zittern lief durch meinen ganzen Körper. Ich konnte mich nicht auf den Beinen halten. Langsam glitt ich zu Boden.

Tim sah fassungslos zu mir und dann zu seinem ehemaligen Partner. Er trat an ihn heran und kontrollierte seine Atmung. Ich sah ihn nicken. Oh Gott, hatte ich ihn etwa umgebracht?

Bitte nicht!

Was immer er mir auch angetan hatte, das hatte ich doch nicht gewollt! Tim kam zu mir und setzte sich neben mich auf den Boden. Er nahm mich in seinen Arm und hielt mich einfach nur fest.

»Keine Angst, Cat. Dieses Schwein lebt noch. Es ist alles gut. Du hast alles richtig gemacht. Cat, nicht mehr weinen, ich bin da. Ich halte dich und lasse dich nie mehr los.«

Seine Worte drangen nur sehr langsam in mein Bewusstsein. Der Typ lebte noch. Ich hatte niemanden umgebracht. Langsam beruhigte ich mich wieder. Da wurde erneut die Tür mit voller Wucht aufgetreten. Ich zuckte zusammen und befürchtete, die Teilnehmer der Versteigerung wären zurückgekommen. Doch Tim beruhigte mich:

»Schau hin, Süße! Es ist die Polizei. Ich hatte, nachdem ich dich endlich geortet hatte, meinen Bruder informiert. Er hat gute Kontakte zur Staatsanwaltschaft und konnte so Hilfe organisieren. Ich habe dir doch versprochen, dass wir uns darum kümmern.«

Plötzlich ging alles sehr schnell und die Polizei kümmerte sich um alles. Rettungskräfte hoben mich auf eine Trage und brachten mich zu einem Krankenwagen. Meine Augen suchten nach Tim. Ich sah, wie er mit der Polizei sprach, während ein Notarzt mich oberflächlich untersuchte und anordnete, mich in die Klinik zu bringen.

Ich schüttelte den Kopf. Ich wollte auf keinen Fall von Tim getrennt werden. Der Notarzt redete auf mich ein, das musste Tim mitbekommen haben.

Plötzlich stand er neben mir und hielt meine Hand. Ich beruhigte mich sofort.

»Ich begleite dich und werde auch die Nacht über an deiner Seite bleiben. Aber Cat, nachdem was du hier erlebt hast, musst du erst mal ordentlich durchgecheckt werden. Okay?«

Hatte ich eine Wahl?

Wahrscheinlich nicht. Also stimmte ich zu und wir machten uns auf den Weg in die Klinik.

Dort angekommen musste auch ich zugeben, dass es eine gute Idee gewesen war, hierher zu fahren. Ich war sehr dankbar für die Schmerzmittel, welche gerade durch meine Adern gepumpt wurden. In meinem Kopf entstand eine beruhigende Leere. Langsam schlief ich ein.

Wirre Träume verfolgten mich, mehrfach wachte ich auf. Tim saß die ganze Zeit an meinem Bett und hielt meine Hand, beruhigte mich, wenn ich durch einen Albtraum aufwachte. Irgendwann hielt er es für eine gute Idee, sich einfach zu mir zu legen.

Sehr zu meiner Freude, allerdings war die Nachtschwester nicht ganz so erfreut. Sie duldete es aber letztendlich doch. In seinen Armen fand ich endlich Ruhe und schlief tief ein.

Morgens fühlte ich mich schon deutlich besser und war froh, dass Tim mich mit nach Hause nehmen konnte. Er trug mich die Treppen hoch und legte mich vorsichtig auf das Bett.

Als er gehen wollte, hielt ich ihn fest. Sein Blick fragend auf mich gerichtet, wusste er genau was ich wollte.

»Cat, ehrlich? Jetzt? Nach allem was du erlebt hast? Ich glaube nicht, dass das eine gute Idee ist.«

Ich sah ihn lange an.

»Doch, Tim. Jetzt, genau jetzt. Ich will die Erinnerung auslöschen und das kannst nur du. Halte dich nicht zurück aus Angst. Bitte!«

Er überlegte eine gefühlte Ewigkeit.

»Unter der Bedingung, dass ich sofort aufhöre, wenn ich denke, es funktioniert nicht. Und ganz sicher werde ich dir keinerlei Schmerzen zufügen. Einverstanden?«

Ich nickte und strahlte ihn an.

»Du bist ganz schön verrückt, meine Süße.«

Er gab mir einen Kuss auf die Stirn und ging zur Kommode. Dort holte er Tücher aus der Schublade und trat wieder zu mir ans Bett, griff meine Hände und führte sie an meine Fußknöchel. Dann nahm er das erste Band und schlang es um Handgelenk und Knöchel. Das Gleiche tat er auf der anderen Seite. Ich war gefangen, auf eine sehr sanfte Art und genau so nahm er mich auch. Zärtlich und langsam, darauf achtend, dass er mir nicht wehtat.

Behutsam führte er mich zum Höhepunkt. Meine ganze Anspannung löste sich, Tränen liefen über mein Gesicht und er hielt mich einfach nur fest. Ich hatte das Gefühl, nichts auf der Welt würde mir jetzt noch etwas antun können. Nur leider war das ein trügerisches Gefühl.

Wir konnten in diesem Augenblick nicht wissen, dass durch den Prozess, den es geben würde, unser Leben erneut aus den Fugen geraten würde ...

Der Prozess

DIE EINLADUNG IV
EINE SM-EROTIKGESCHICHTE
Der Prozess
KARIN BAUMANN

Wir hätten endlich unsere Zweisamkeit genießen können. All die bösen Ereignisse lagen inzwischen eine Weile zurück und so langsam kamen wir im Alltag an. Aber zum einen lief es beruflich bei mir gerade nicht so gut. Irgendwie kamen keine Aufträge herein. Wenn das so weiterging, würde ich voraussichtlich auch meine Wohnung nicht mehr lange halten können.

Natürlich hatte mir Tim seine Hilfe angeboten, aber ich wollte es unbedingt allein schaffen. Noch weitaus schlimmer waren allerdings meine Albträume.

Immer wieder träumte ich, wie ich wehrlos daliege und Fotos von mir gemacht werden. Ich wurde diesen Traum einfach nicht los.

Jedes Mal, wenn ich weinend wach wurde, war Tim an meiner Seite und tröstete mich. Er war es auch, der mir sagte, dass es nach der Verhandlung besser werden würde, die uns noch bevorstand. Jedes Detail würde da auf den Tisch kommen.

Zum Glück war es unserem Anwalt gelungen, die Öffentlichkeit von dieser Verhandlung auszuschließen und auch die Presse war nur begrenzt zugelassen. Und trotzdem verfolgten mich die Träume:

Ich liege nackt über einen Bock, gefesselt an Armen und Beinen. Um mich herum maskierte Männer mit erigierten Schwänzen. Jemand peitscht mich aus. Mein Körper ist schon von unzähligen Striemen gezeichnet.

An meinem Kitzler ist ein Vibrator befestigt, der mich unaufhörlich reizt und mich immer wieder kommen lässt. Und das war eigentlich das Schlimmste an dieser Traumsituation. Sobald einer der Maskierten kurz vor dem Orgasmus steht, schiebt er mir seinen Schwanz in den Mund. Und dann wache ich schreiend auf … Ich musste diese Träume wieder loswerden!

Ich wollte mein Leben wieder zurück. Nie hätte ich gedacht, dass mich das Erlebte so nachhaltig beeinflussen würde. Ohne Tim hätte ich wohl gar nicht die Kraft gehabt, mich dieser Verhandlung zu stellen. Aber er machte mir sehr deutlich, wie wichtig es war, wenn ich die Geschichte für mich abschließen wollte.

Auch zu einem Therapeuten hatte er mich geschleppt. Allerdings fühlte ich mich dort so unwohl, dass wir dieses Vorhaben erst mal verworfen hatten. Also versuchten wir, so normal wie möglich die Tage zu gestalten.

Je näher der Verhandlungstermin kam, umso unruhiger wurde ich allerdings. Da hatte Tim die grandiose Idee, uns noch eine Auszeit zu gönnen. Nur leider fiel mir natürlich ein, wie die Letzte geendet hatte. Aber er versprach mir, es würde was Besonderes werden und ich konnte ihm diesen Wunsch nicht abschlagen. Also ein Wochenende nur für uns und hoffentlich gelang es mir, meine Gedanken zu vertreiben.

Wir fuhren mit dem Auto und diesmal gab es keine Spielchen. Ich musste zugeben, dass ich es irgendwie erwartet hatte. Ja, vielleicht vermisste ich es auch. Aber ich wusste, er wollte an den Erinnerungen nicht rühren. Also sagte ich nichts. Natürlich merkte Tim mir an, dass etwas nicht stimmte.

»Was ist, Süße? Geduld ist wohl nicht deine Stärke. Du wirst dich aber gedulden müssen, meine Schöne, bis wir am Ziel angekommen sind. Dort, das verspreche ich dir, bleibt keiner deiner Wünsche unerfüllt.«

Alles in mir reagierte auf die Ansprache. Ich merkte, dass ich feucht wurde und meine Erregung noch größer wurde.

»Versprichst du mir etwas?«

Ich sah Tim fragend an, ich wusste nicht, wie er auf meine Bitte reagieren würde. »Natürlich!«

»Wenn wir an unserem Ziel angekommen sind, dann halte dich nicht zurück. Ich wünsche, dass du so mit mir umgehst, als hätte es das alles nicht gegeben. Kein Blümchensex, lange Spaziergänge und Kerzenschein. Wobei das alles natürlich auch seinen Reiz hat. Aber ich will nicht, dass du dich deswegen verbiegst. Kannst du mir das versprechen?«

Er sah mich lange an und ich konnte sehen, wie seine Gedanken kreisten. Die Antwort fiel ihm nicht leicht:

»Ja, ich verspreche es dir. Aber wenn ich *Stopp* sage, gilt das genauso, als wenn du es sagen würdest. Das ist meine Bedingung.«

Er sorgte sich. Um uns Beide. Das konnte ich natürlich verstehen, also nickte ich.

Diesmal war unser Ziel kein einsamer Ort. Davor hatte ich mich etwas gefürchtet. Tim fuhr mit mir an die See, ein um diese Jahreszeit gut besuchter Kurort. Wir würden hier nicht auffallen, quasi in der Menge untertauchen. Ich liebte Seeluft und wusste, hier könnte ich tatsächlich wieder Ruhe finden. Abendliche Strandspaziergänge inklusive.

Wir waren an unserer Unterkunft angekommen, kein Hotel, sondern ein privates Appartement. Was für eins sollte ich erst nach dem Betreten sehen. Unsere Vermieter erwarteten uns bereits. Ein nettes Pärchen, soweit man das nach den paar Minuten sagen konnte. Sie übergaben uns den Schlüssel und wünschten uns einen schönen Aufenthalt.

Tim holte unser Gepäck und öffnete die Tür und ja, jetzt wusste ich, was er vorhin im Auto gemeint hatte. In diesen Räumlichkeiten konnte er wirklich alle meine Wünsche erfüllen. Ich war fasziniert von dem Ambiente.

Es handelte sich um eines dieser Loveapartments, von denen ich schon gehört hatte. Irgendwann hatte ich mal das Angebot gehabt, dort eine Fotostrecke zu machen. Zu der Zeit war das für mich noch nicht in Betracht gekommen. So schnell hatte sich das geändert.

Pure Sinnlichkeit wurde von diesen Räumen ausgestrahlt. Den Eingangsbereich bildete ein Kaminzimmer, daran angeschlossen ein Spiegelzimmer, abgerundet durch eine Wellnessoase. Es war bezaubernd. Im Spiegelzimmer stand ein riesiges Wasserbett, es gab eine Liebesschaukel und an der Wand befand sich Bondagematerial in einer unendlichen Auswahl. Abgerundet wurde das Ganze durch die überall vorhandenen Spiegel.

Das Kaminzimmer verdiente eindeutig den Begriff Kuschelzimmer. Leise Musik war zu hören in dem Moment, in dem man den Raum betrat. An der Wand befand sich ein Andreaskreuz, schwarz, die Fesseln daran in einem dunklen Rot. Überall waren Kerzen aufgestellt. Auf dem Tisch standen Früchte und Wein.

Das absolute Highlight allerdings war die Wellnessoase. Eine Regendusche mit verschiedenen Massagedüsen, eine Massageliege und das absolut Beste war der Whirlpool auf der angrenzenden Terrasse. Man konnte die Sterne von hier aus beobachten, während das lichtdurchflutete Wasser den Körper massierte.

Ich fand es einfach wunderschön und wusste, dass man mir das auch ansah. Ich sah Tims Gesichtsausdruck und seine Erleichterung darüber, dass ich mich hier

wohlfühlte. Diese Wohnung hatte ein einzig-
artiges Flair, das mich sofort gefangen nahm
und alle meine Sinne erregte.

Es war Abend geworden und wir hatten die Kerzen im Kaminzimmer angezündet. Aus der Anlage erklangen die ersten Töne eines Tangos. Tim stand auf und reichte mir die Hand. Na, das konnte bei meinen Tanzküsten ja lustig werden. Ich würde ihm die Beine brechen und den Rest der freien Tage hier würden wir dann in einem Krankenhaus verbringen. Was für ein toller Plan aber auch. Natürlich sah er mir mal wieder, an was ich gerade dachte.

»Lass dich von mir führen. Ich weiß, du kannst das. Vertrau mir.«

Damit hatte er mich. Er wusste genau, wie sehr ich ihm vertraute. Also nahm ich seine Hand und ließ mich in seine Arme ziehen und dann musste ich laut loslachen. Nein, er kitzelte mich nicht ab, sondern hatte sich eine Rose aus der Vase genommen und zwischen die Zähne geklemmt. Was für ein Klischee.

Ich konnte einfach nicht anders, aber Tim ließ sich nicht von meinem Lachkrampf beirren und begann mit mir zu tanzen. Und ich ließ mich davon einfach forttreiben. Wie in eine andere Welt. Und dort waren wir auch, in einer völlig anderen Welt. Die Musik spielte, doch wir tanzten nicht mehr. Er führte mich zum Kreuz und sah mich einen Moment fragend an. Ich nickte, denn ja, ich wollte das. Mehr wie ich es durch Worte hätte ausdrücken können.

Tim zog mich in seinen Arm und küsste mich. Ein langer, fordernder Kuss. Dann zog er mir meine Sachen aus, streichelte dabei immer wieder meinen Körper. Er ergriff meine rechte Hand und fesselte zuerst diese, dann auch meine linke Hand.

Er sah mich an und wartete, wie ich reagieren würde. Ich lächelte ihn an. Das ermutigte ihn, weiter zu machen. Er fixierte meine Füße. Bewegungsunfähig gehörte ich ihm jetzt ganz. Grinsend nahm er etwas aus seiner Hosentasche.

»Ich wusste nicht, ob die Autofahrt schon der richtige Zeitpunkt gewesen wäre, aber jetzt, wo du hier so schön für mich stehst und so bereit für alles bist, was ich gern tun würde, wird dieses Spielzeug dich sicher etwas ablenken.«

Er hatte das Vibroei in seiner Hand. Die andere Hand streichelte über meine Scham, teilte meine Lippen und fuhr mit seinen Fingern in mein Innerstes. Ich lehnte mich gegen die Fesseln und spürte dann bereits die Vibrationen in mir.

Tim nahm eine Maske in die Hand und hielt sie mir fragend hin. Ich wusste, er wollte mir die Entscheidung überlassen. Einen Moment überlegte ich. Dunkelheit machte mir inzwischen mehr als nur Angst. Doch ich vertraute ihm . Ich nickte ihm zu und er verband mir die Augen. Ich spürte seinen Atem auf meiner Haut und seine Zunge, die meinen Hals entlangfuhr.

»Ich liebe dich.«

Einfache Worte, die mich in diesem Augenblick zutiefst berührten. Er streichelte meinen Körper, schaltete die Vibration höher und dann spürte ich den ersten Tropfen Wachs auf meiner Brust. Ich hatte mich gerade auf diesen Schmerz eingestellt, da wechselte der Schmerz.

Eis!

Mit einem Eiswürfel umspielte er meine Brustwarzen, nur um dann wieder Wachs darauf tropfen zu lassen. Dieses Wechselspiel brachte mich fast um den Verstand. Es schaltete mein Denken tatsächlich aus. Ich ließ mich einfach fallen. Ich wusste, dass er mich immer halten würde, was auch geschah.

Es gab mir meine Sicherheit zurück, mehr als ich es erwartet hätte. Ich hörte den

Flogger noch bevor ich ihn auf meiner Haut spürte. Mit jedem Schlag fühlte ich mich freier. Ich konnte den Schmerz annehmen. Von *ihm* konnte ich den Schmerz annehmen.

Tim hielt einen Vibrator an meine Klit und ließ mich das erste Mal kommen. Ich zerrte an den Fesseln, bäumte mich auf und mein Körper erzitterte. Aber noch war Tim nicht fertig.

Ich spürte den Knebel an meinem Mund. Tim ließ mir auch jetzt Zeit zum Überlegen. Wollte ich das?

Konnte ich das so hinnehmen?

Ich wollte es zumindest versuchen. Also öffnete ich meinen Mund. Aber es war nicht der Knebel, es war Tims Mund, der den meinen verschloss. Er küsste mich so intensiv, dass meine Erregung sofort wieder stieg, trotz des eben erlebten Orgasmus. Er löste sich wieder von mir. Seine Fingerkuppen strichen über meine Haut und seine Fingernägel hinterließen dabei sicherlich deutliche Spuren.

Tief gruben sie sich in meine Haut. Es war ein willkommener Schmerz. Ich konnte ihn annehmen. Ich konnte ihn von Tim annehmen. Dann spürte ich den ersten Schlag mit der Gerte. Direkt auf meine Brust. Mein

Körper bäumte sich auf vor Schmerz. Doch ich ertrug ihn. Ich hatte das Gefühl, dass dieser Schmerz mich befreite, mich in gewisser Weise reinigte.

Die nächsten Schläge setzte er gezielt auf meine Scham, traf direkt meine Klit und beim dritten Schlag überrollte mich ein unbeschreiblicher Orgasmus. Ich schrie in den Knebel und hatte das Gefühl, dieser Orgasmus würde nie enden.

Dann war es plötzlich vorbei und mein Körper zitterte, meine Atmung raste und ich ließ mich in meine Fesseln fallen. Ich spürte, wie Tim den Knebel löste und ich besser atmen konnte. Er löste vorsichtig die Fesseln und hielt mich dabei mit einem Arm umschlungen. Das war auch gut so, denn als die Fesseln gelöst waren, sackte ich einfach zusammen. Tim entfernte meine Augenbinde. Er nahm mich auf seine Arme und trug mich zur Terrasse, stieg gemeinsam mit mir in den Whirlpool und hielt mich fest umschlungen. Das heiße Wasser weckte meine Lebensgeister.

Ich drehte mich zu ihm um und sah ihm direkt in die Augen. Alles was ich dort sah, war unfassbarer Stolz und Liebe. Nie zuvor war ich glücklicher.

Ich wünschte, wir könnten die Zeit anhalten. Das war natürlich reines Wunschdenken, aber zumindest konnten wir diese Stunden genießen. Gemeinsam.

Langsam drehte ich mich komplett zu ihm um und küsste seinen Hals, seine Brust. Ich glitt tiefer und begann mit meiner Zunge seine Schwanzspitze zu liebkosen und genoss es, seinen Geschmack in mir aufzunehmen. Es spornte meine Bemühungen an.

Ich spürte seine Hand in meinem Haar, fühlte seine Stöße und wollte mehr. Meine Hände umfassten seinen Schaft und massierten ihn, während meine Zunge die Tropfen gierig aufnahm. Ich spürte das Zucken und schmeckte seinen Samen, trank ihn und es erregte mich unermesslich.

Er streichelte mein Gesicht, nahm es in seine Hände und küsste mich. Dass ich nach ihm schmeckte, törnte auch ihn scheinbar weiter an. Ich stand auf. Stellte mich genau vor ihn und begann, mich selber zu streicheln. Erst meine Brust, dann meine Schenkel, spreizte sie, so dass er tiefen Einblick in mein Innerstes hatte.

Meine Finger fuhren in mich hinein und ich fickte mich selbst. Dann nahm ich meine Finger, führte sie zu meinem Mund, leckte sie genüsslich ab und steckte sie dann wieder in meine Fotze und fickte mich weiter. Sein Stöhnen zeigte mir, dass es ihm gefiel.

Tim griff nach mir. Beugte mich über den Beckenrand des Whirlpools.

»Du kleines Biest möchtest also gefickt werden? Oder was bedeutet deine Vorstellung sonst?«

Mit diesen Worten nahm er mich. Fickte mich und übernahm damit wieder die Führung. Ich spürte ihn in mir. Ich liebte dieses Gefühl. Ich wollte diesmal gemeinsam mit ihm kommen. Ich fühlte, wie sein Schwanz in mir zuckte und dann ließ ich einfach los. Wir kamen beide und ich spürte die Tränen in meinen Augen.

Tim hielt mich und half mir aus dem Pool. Er trocknete mich ab und wickelte mich in ein Tuch, bevor er sich selbst abtrocknete. Dann trug er mich zurück zum Kamin. Legte mich auf die dort liegenden Kissen und deckte mich zu. Dann legte er sich zu mir und streichelte mich, bis ich in den Schlaf fiel. Die erste Nacht ohne einen Albtraum. Nur tiefer, erholsamer Schlaf.

Die Sonne kitzelte meine Nase. So wurde ich wach. Ich hatte ewig nicht mehr so gut geschlafen. Ich drehte mich um, aber Tim lag nicht neben mir. Ich hörte ihn im Nebenzimmer telefonieren und war schlagartig auf dem Boden der Tatsachen angekommen. An der anderen Seite der Leitung musste wohl unser Anwalt sein. Zumindest ging es um die bevorstehende Verhandlung und irgendetwas machte Tim sehr wütend. Irgendetwas stimmte nicht.

Ich stand auf und ging in Richtung Tür. Leider stolperte ich und dabei fiel ein Glas von der Kommode. Ich hörte gerade noch wie Tim das Telefonat schnell beendete und dann war er auch schon bei mir.

»Du schläfst ja gar nicht mehr, mein Murmeltier. Dabei hast du so friedlich ausgesehen.«

Er wollte mich ablenken und ich ließ es zu. Nach dem gestrigen Tag wollte ich jetzt keine dunklen Wolken an unserem Himmel sehen. Ich schlang meine Arme um seinen Hals und gab ihm einen Kuss, den er nur zu bereitwillig erwiderte.

»Ich bin nah am Verhungern und da du mir noch kein Frühstück gebracht hast, musste ich mich ja schließlich selbst auf die Suche nach etwas Essbarem machen.«

Er nahm mein Gesicht in seine Hände und zwang mich ihn anzusehen.

»Das war doch wohl keine Kritik? Hast du den Eindruck gewonnen ich würde dich vernachlässigen? Allein der Gedanke ist schon extrem frech. Was stelle ich jetzt nur mit dir an? Dass ich dir diese Frechheit nicht durchgehen lasse, dürfte dir klar sein.«

Ups, da hatte ich mich wohl etwas weit aus dem Fenster gelehnt. Selber schuld, da musste ich wohl durch und ich ging davon aus, dass es mir ohnehin gefallen würde, was auch immer er sich ausdenken würde.

»Wir werden jetzt erstmal gemeinsam frühstücken. Aber ich verspreche dir, nicht zu vergessen, was ich dir versprochen habe.«

Ich konnte sein Grinsen nicht nur sehen, ich konnte es förmlich spüren. Allerdings war ich viel zu hungrig, um weiter darüber nachzudenken. Ich brauchte wirklich erst mal was zu essen. Tim ergriff meine Hand und zog mich in die Küche. Er zauberte uns ein wundervolles Frühstück. Ich im Gegenzug konnte gerade mal den Kaffee für uns kochen.

Das Essen stand auf dem Tisch und ich wollte mich hinsetzten, doch da hörte ich ein sehr deutliches *Stopp!* von ihm. Was sollte das werden? Im Stehen essen?

Nein, natürlich nicht. Er brachte mich zu einem Stuhl, setzte mich darauf und fixierte meine Hände hinter der Stuhllehne. Wie sollte ich so essen können?

Tim setzte sich auf den Stuhl gegenüber und begann, ein Brötchen aufzuschneiden. Er strich etwas Butter darauf und ließ Honig darauf tropfen. Mir lief das Wasser im Mund zusammen. Er nahm den Honig und ließ etwas davon auf meine Brust träufeln. Dann beugte er sich über mich und seine Zunge leckte den Honig von meiner Haut.

Meine Brustwarzen richteten sich unter seiner Behandlung auf. Meinen Hunger hatte ich inzwischen vergessen. Tim allerdings nicht, denn er ließ von mir ab und hielt mir das Brötchen vor meinen Mund.

»Brav abbeißen, meine Schöne. Wir wollen ja nicht, dass du keine Kraft mehr für unser Spiel hast.«

Oh, wie gemein! Aber ich wusste, dass ich ihm nicht widersprechen konnte.

Er griff nach dem Glas Orangensaft und nahm einen Schluck, dann einen Zweiten.

Dann kam er zu mir und legte seinen Mund auf meinen, ließ den Saft in meine Kehle laufen und küsste mich. Seine Zunge spielte mit meiner. Doch genauso plötzlich hörte er wieder auf. Nun standen Trauben auf seinem Programm:

Er nahm eine Rebe und fuhr damit über meinen Körper, glitt zwischen meinen Schenkel entlang. Er nahm eine Traube und steckte sie in mich hinein, nur um sie sofort wieder heraus zu saugen. Dabei umkreiste seine Zunge meine Klit und trieb mich an den Rand des Wahnsinns. Beinahe wäre ich gekommen, doch da hörte er auf. Ich stöhnte enttäuscht auf und hörte sein Lachen.

»Du wirst erst heute Abend wieder einen Orgasmus bekommen. Was nicht heißt, dass du nicht immer kurz davor stehen wirst. Ich werde den ganzen Tag dafür sorgen, dass es dir auch wirklich gut geht.«

Das war doch wohl nicht sein Ernst! Doch, natürlich, daran bestand kein Zweifel und ich war jetzt schon bereit, ihn anzubetteln. Den ganzen Tag lang sollte das also so sein?

Na, das konnte ja heiter werden. Irgendwie war mir der Appetit vergangen, aber das ließ Tim natürlich nicht zu und fütterte mich weiter. Zum Glück war das Frühstück irgendwann zu Ende und Tim löste meine Fesseln.

Er zog mich in seine Arme und küsste mich. Allerdings nur, um mir ins Ohr zu flüstern, dass ich ein Kleid anziehen und ja das Vibroei nicht vergessen sollte. Den ganzen Tag damit rumlaufen würde die Hölle werden! Aber gut, ich ging in das Schlafzimmer und erfüllte seinen Wunsch.

Wir gingen spazieren. Es gab hier einen wunderschönen Park mit vielen verwunschenen Ecken. So einen Platz hatte Tim für uns ausgesucht. Geschützt durch eine Hecke war dieses Fleckchen für vorbeigehende Spaziergänger kaum einsehbar. Er breitete eine Decke aus und gab mir die Erlaubnis, mich hinzusetzen. Da den ganzen Weg über das Vibroei in mir gearbeitet hatte, war ich dafür echt dankbar. Inzwischen hätte ich alles für einen erlösenden Orgasmus getan. Aber Tim hatte mir sehr deutlich zu verstehen gegeben, dass ich keine Chance hatte.

Ich setzte mich also brav hin und schlug meine Beine fest übereinander, um der Erregung so wenigstens etwas Einhalt zu gebieten. Nur hatte ich da die Rechnung ohne Tim gemacht.

»Beine schön auseinander, meine Hübsche. Ich will sehen, was mir gehört.«

Seine Finger wanderten zu meiner Fotze und spielten mit dem Vibroei. Dadurch war ich so nahe daran, zu kommen, dass ich ihn tatsächlich anflehte. Doch er lachte nur und nahm einen von den neben uns wachsenden Brennnesselstielen in die Hand. *Das muss doch brennen!*, war mein erster Gedanke, doch das sollte gleich mein geringstes Problem werden.

Er fuhr mit den Brennnesseln durch meine Schamlippen. Ich wollte laut aufschreien, doch da hielt er mir meinen Mund zu.

»Du wolltest doch kommen, obwohl ich gesagt hatte *erst heute Abend*. Dann aber zu meinen Bedingungen. Weißt du wie die Brennnesseln wirken? Sie regen die Durchblutung an und durch das Brennen wird das Gefühl um ein Vielfaches erhöht. Schmerz, den du jetzt empfindest, wird zur Lust.«

Das konnte ich mir in diesem Moment nicht einmal im Ansatz vorstellen. Wieder streifte er mich mit den Brennnesseln. Es brannte wie Feuer!

Meine Lust war quasi nicht mehr existent. Ich wollte nur, dass der Schmerz aufhört. Da schob Tim mir einen Vibrator in meine Fotze und begann, mich damit zu ficken. Erst war da nur der Schmerz, dieses unglaubliche Brennen. Daraus entwickelte sich eine Hitze, die meinen ganzen Körper erfasste.

Er fickte mich schneller und ich spürte, dass ich diesen Orgasmus nicht aufhalten könnte. Tim wusste das natürlich auch. Die

Heftigkeit, mit der ich kam, raubte mir nicht nur den Atem. Mein Körper fiel in eine Art Trance und dann wurde mir schwarz vor Augen.

Ich wusste nicht, wie lange ich in diesem Zustand gewesen war. Als ich die Augen aufschlug, sah ich Tim über mich gebeugt.

»Diesen Orgasmus hattest du dir definitiv verdient, meine Schöne. Du sahst einfach wundervoll aus.«

Er nahm eine Creme zur Hand und bestrich damit meinen geschundenen Körper. Ich spürte das Brennen nicht mehr. Ich fühlte mich einfach nur unglaublich befreit.

»Also keine Bestrafung, weil ich gekommen bin?«

Ein Grinsen konnte ich mir bei dieser Frage nicht verkneifen.

»Überzeug mich davon, dich nicht zu bestrafen. Vielleicht fällt dir ja etwas Nettes ein, meine Schöne.«

Das war ganz klar eine Herausforderung und ja, da würde mir etwas einfallen.

Ich schaltete die Musik an meinem Handy ein, nicht der perfekte Klang, aber es musste reichen. Meine Lieblingsplaylist erklang und ich stellte mich direkt vor Tim.

Zum Glück waren die Hecken um uns auch dafür hoch genug. Zuschauer mochte ich mir wirklich nicht vorstellen. Ich begann, mich mit der Musik zu bewegen und sah ihm dabei direkt in die Augen. Ich konnte fühlen, dass ihn das dargebotene Bild anmachte. Ich beugte mich zu ihm hinunter und küsste ihn. Dabei griff ich in meine Tasche und holte meine Kamera heraus.

Ich hatte sie immer bei mir. Fotos von mir waren gerade mein größtes Problem und dennoch wollte ich, dass er welche von mir machte. Gerade jetzt. Ich wollte die Angst, vor der Kamera zu stehen, wieder loswerden. Und ich wusste, nur ihm würde ich dafür genug vertrauen.

Tim sah mich lange an, bevor er die Kamera nahm. Er wusste, welche Bedeutung das hier gerade hatte. Mit der Kamera in der Hand stand er auf und nahm mich in den Arm, küsste mich und begann dann, zu fotografieren. Ich schloss die Augen und ließ mich von der Musik treiben. Das Klicken der Kamera konnte ich so tatsächlich völlig ausblenden.

Plötzlich spürte ich seine Hände auf meiner Haut. Ein sanftes Streicheln auf meinem Körper. Dann glitten wir langsam zu Boden, vergaßen gemeinsam die Welt, liebten uns. Ohne Spielchen. Nur wir zwei, unsere Körper vereint und völlig befreit. In diesem Augenblick war ich mir sicher, dass wir alles überstehen würden. Unsere Liebe würde alles überstehen.

Den restlichen Tag verbrachten wir im Park. Wir gingen spazieren, Eis essen, saßen einfach da und schauten auf das Wasser. Die ganze Zeit über hielt Tim meine Hand. Für diese Geste war ich ihm unendlich dankbar.

Langsam wurde es dunkel und wir gingen zu unserem Appartement zurück. Er holte eine Flasche Wein und zwei Gläser, etwas Käse und Trauben und stellte alles neben den Whirlpool. Dann zog er mich und sich aus und wir genossen das warme Wasser im Pool. Ich entspannte und lehnte mich gegen seine Schulter. Ich wollte einfach nur in seinen Armen liegen. Wir beide genossen die Nähe. Wir tranken den Wein, aßen den Käse und die Trauben, lauschten der Musik und unterhielten uns. Es war einer der schönsten Abende, die ich je erlebt hatte. Die Sterne über uns rundeten diesen Abend ab. Plötzlich ein Aufleuchten am Himmel. Eine Sternschnuppe.

»Wünsch dir was, meine Schöne.«

Das hatte ich bereits getan. Das Lächeln auf meinem Gesicht verriet ihm wahrscheinlich auch, was ich mir gewünscht hatte.

»Du bist müde. Lass uns ins Bett gehen, vielleicht träumst du ja heute etwas Schönes. Ich werde auf dich aufpassen.«

Er trug mich in unser Bett und hielt mich fest umschlungen. Ich schlief sofort ein. Und mein Albtraum kam zu mir zurück.

Wieder einmal lag ich auf diesem Bock. Wieder war ich gefesselt und konnte mich nicht wehren. Maskierte Männer, die sich an mir befriedigten und mich erniedrigten. Aber dann änderte sich der Traum. Eine Tür wurde aufgestoßen und alles um mich herum verschwand plötzlich.

Ich lag jetzt auf einer Blumenwiese. Mohnblumen, es war ein ganzes Feld voller Mohnblumen. Der Duft war berauschend und die Farben einfach fantastisch. Ich hielt meine Kamera in der Hand. Vor mir tanzten Schmetterlinge auf den Blüten. Ich hielt dieses Liebesschauspiel mit meiner Kamera fest. Langsam lief ich über diese Wiese und sah den Tieren zu, wie sie unbeschwert zu leben schienen. Ich hatte so etwas wie meine innere Ruhe gefunden. Ich hätte ewig hierbleiben können.

Doch irgendjemand rief mich. Erst ganz leise, doch dann wurde die Stimme immer lauter. Tim!

Ich schlug die Augen auf. Es musste schon fast Mittag sein, so hoch stand die Sonne bereits. Ich blinzelte ihn verschlafen an.

»Meine Schöne, ich hoffe, du hast gut geschlafen? Ich dachte zwischendurch, ich müsste dich wecken. Du hattest scheinbar wieder deinen Albtraum? Aber gerade als ich dich aufwecken wollte, hast du dich völlig entspannt. Was ist passiert?«

Mein Traum fiel mir ein und ich erzählte es ihm. »Scheinbar hat dein Unterbewusstsein eine Möglichkeit gefunden, den Albtraum zu verdrängen. Das ist gut. Aber jetzt frühstücken wir erstmal. Oder nein, es gibt da etwas, was ich gern mit dir ausprobieren möchte, bevor du was zu essen bekommst. Einverstanden?«

Allein seine Worte sorgten schon für ein Kribbeln meines ganzen Körpers. Wie hätte ich da Nein sagen können?

Ich sprang also aus dem Bett, direkt in seine Arme und hauchte ihm ein *Ja!* in sein Ohr.

Er führte mich zu der Schaukel. Stimmt, die hatten wir noch nicht ausprobiert. Er half mir, darauf Platz zu nehmen. Das war echt gar nicht so einfach. Teilweise verhedderte ich mich mit meinen Beinen in den vielen Schlaufen. Ein paar Mal mussten wir lachen und ich sah wahrscheinlich sehr komisch aus. Irgendwann hatten wir es geschafft. Tim schaukelte mich hin und her. Das war echt ein seltsames Gefühl.

Er nahm eine Feder aus der Kommode und begann damit, mich zu streicheln. Leider war ich extrem kitzlig und so war diese Aktion megafies. Allerdings hatte Tim scheinbar seinen Spaß.

Er dachte gar nicht daran aufzuhören. Mir kamen inzwischen schon die Tränen vor lauter Lachen. Dann griff Tim meine Beine und spreizte sie auseinander. Er drang in mich ein und eine zeitlang genossen wir beide dieses Gefühl.

Er zog sich wieder aus mir zurück und drehte mich mit einem Ruck um. Für einen Moment hatte ich die Orientierung verloren. Dann spürte ich Tim wieder in mir. Seine Stöße wurden heftiger, sein Atem ging schneller.

Ich fühlte, wie sein Samen direkt in meine Gebärmutter spritzte. Mein Orgasmus kam fast unmerklich, dafür umso intensiver, genau in diesem Augenblick. Wir brauchten eine Weile, um wieder zur Ruhe zu kommen. Dann half mir Tim aus der Schaukel.

»So ein Teil brauchen wir unbedingt auch zu Hause. Findest du nicht auch?«

Da musste ich ihm recht geben. Wir sollten dringend mal gemeinsam einkaufen gehen. Es gab bestimmt noch mehr interessantes Spielzeug.

»Aber jetzt mit dir unter die Dusche und ich mache Frühstück. Danach wird getauscht, du kochst uns Kaffee und ich geh duschen.«

Eine brillante Idee, denn inzwischen hatte ich eine Dusche definitiv nötig.

Ich machte mich also auf den Weg ins Bad, nahm meine Waschtasche, öffnete sie und bekam den Schock meines Lebens. Ich wusste mit einem Schlag, dass ich etwas sehr Entscheidendes vergessen hatte. Das durfte nicht wahr sein! Wie hatte mir das passieren können?

Ich hatte gar nicht bemerkt, dass ich laut aufgeschrien hatte. Tim stürzte ins Bad und sah mich erschrocken an.

»Was ist um Himmelswillen denn passiert? Geht es dir nicht gut?«

Völlig außer Fassung konnte ich ihn nur anstarren. Meine Gedanken fuhren Achterbahn. Das war mir doch jetzt nicht tatsächlich passiert?

Mir doch nicht! Das konnte einfach nicht sein! Tim trat auf mich zu und dann sah auch er, was ich in meiner Hand hielt. Sein

Gesicht wurde bleich, er wusste, was das bedeutete.

»Du hast nicht vergessen die Pille zu nehmen? Oder?«

Was hätte ich jetzt sagen können? Es war doch offensichtlich. Mist! Einfach nur großer Mist. Wie hatte ich nur so blöd sein können?

»Wie oft?«

Diese Frage klang so gar nicht wie Tim. Aber ich fühlte mich viel zu schuldig.

»Zwei Tage. Es muss nichts passiert sein. Wenn wir zurück sind, gehe ich sofort zum Arzt. Versprochen.«

Was hätte ich ihm jetzt auch sagen sollen?

»Zieh dich bitte an, wir fahren sofort.«
Was?

Der Kloß in meinem Hals wurde noch größer, aber ich wagte nicht, ihm zu widersprechen. Ich zog mich an und ging zu ihm in die Küche. Er hatte ein Croissant und Kaffee hingestellt, verließ aber die Küche, als ich sie betrat.

»Iss, damit wir loskönnen. Ich bin kurz im Bad und packe unsere Sachen zusammen.«

Verdammt, warum reagierte er so?

Ich hatte auch Angst und war sauer auf mich. Aber diese Reaktion hatte ich nun wirklich nicht erwartet. Essen konnte ich so auf keinen Fall. Ich trank den Kaffee und ging dann zum Auto. Es wurde ein schmerzvoller Abschied und eine noch traurigere Fahrt zurück in den Alltag.

Wir fuhren direkt zu meinem Arzt. Ich stieg aus dem Auto und wartete nicht, bis Tim mir die Tür öffnete. Ich sah ihn kurz an:

»Ich geh da allein rein. Wir sehen uns später«

Er nickte nur, stieg wieder ein und fuhr los. Auch damit hatte ich nicht gerechnet. Aber egal, da musste ich jetzt wohl durch. Zum Glück war die Praxis leer und ich musste nicht lange warten.

Mein Doc kannte mich lange genug und sah, dass ich am Boden zerstört war. Er hörte sich die Geschichte an und untersuchte mich. Für einen Test war es logischerweise zu früh, für die Pille danach leider schon zu spät. Welche Möglichkeit hatte ich jetzt? Abwarten. Das war nun nicht gerade meine Stärke. Es tröstete mich auch nicht, dass er meinte, die Wahrscheinlichkeit wäre eher gering. Allein die Möglichkeit war schon zu viel für mich. Ich verließ die Praxis mit einem neuen Termin in zwei Wochen, dann würde ich Gewissheit haben.

Ich lief durch die Straßen und wusste nicht wirklich wohin. Ich wollte allein sein und so ging ich in meine Wohnung. Ein seltsames Gefühl, war ich doch seit gefühlter Ewigkeit nicht mehr allein gewesen.

Ich ließ mir ein Bad ein und hatte nicht übel Lust, mich im Alkohol zu ertränken. Aber falls ich schwanger war, falls ich ein Kind bekommen würde ... Nein, Alkohol war definitiv keine Option. Die Wanne musste reichen.

Ich badete eine gefühlte Ewigkeit. Nur meine Schuldgefühle konnte ich nicht abwaschen. Ich trocknete mich ab, zog ein Shirt über und legte mich auf mein Sofa. Irgendwann musste ich eingeschlafen sein. Leider kein traumloser Schlaf. Zu meinem Albtraum gesellte sich jetzt noch die Vorstellung, dass Tim mich im Gerichtssaal verließ. Mich dort einfach allein stehen ließ. Ich wachte schweißgebadet auf, weil es an meine Tür klopfte. Ich hatte das Gefühl, jemand versuchte die Tür einzutreten. Wie lange hatte ich denn geschlafen? Ich hörte die Stimme vor der Tür. Tim!

Ich musste ihm aufmachen, auch wenn ich Angst hatte, mich dem jetzt zu stellen. Ich stand also auf und öffnete die Tür. Ich sah in seine entsetzten Augen. Was war denn nun schon wieder passiert?

Er zog mich an sich heran.

»Es tut mir so leid. Ich war wütend auf mich und habe es an dir ausgelassen. Das hätte nicht passieren dürfen. Ich hätte genau wie du an diese verdammte Pille denken müssen. Da habe ich total versagt und nicht auf dich geachtet. Aber das wäre meine Aufgabe gewesen. Und dann habe ich dich allein gelassen. Das geht gar nicht. Du hast dich nicht gemeldet und dann bin ich hierhergekommen und du hast nicht geöffnet. Dann habe ich dich schreien hören. Ich hatte solche Angst um dich!«

Seine Worte erreichten mich zwar, aber ich musste das für mich erst einmal sortieren.

»Wir müssen reden, Tim. Ich kann dir noch nicht sagen, ob ich schwanger bin oder nicht. Der Arzt meinte zwar, die Wahrscheinlichkeit ist gering, aber durchaus wäre es möglich. Wir müssen besprechen, was wir dann tun. Ich will keine Entscheidung ohne dich treffen.«

Ich setzte mich auf das Sofa und wartete darauf, dass Tim sich zu mir setzte. Das tat er nach kurzem Zögern auch. Er nahm meine Hand und sah mich an:

»Wir werden eine Lösung finden, das verspreche ich dir. Ich kann dir jetzt nicht sagen, was ich davon halten würde, Vater zu werden. Das stand eigentlich nicht auf meinem Plan. Und wir haben diese Verhandlung noch vor uns. Um ehrlich zu sein: So lange sind wir noch nicht zusammen und ein wenig länger die Zweisamkeit genießen, wäre mir schon lieber. Aber ich werde dich nicht beeinflussen. Letztendlich ist es deine Entscheidung, die wir dann gemeinsam tragen werden. Das kann ich dir versprechen.«

Seine Worte ließen mich etwas zur Ruhe kommen, aber ich war nicht ganz seiner Meinung:

»Nein, es ist *unsere* Entscheidung. Aber im Moment gibt es noch nichts zu entscheiden. Bitte lass uns erst das eine Problem hinter uns bringen. Ich weiß nicht, wie ich das verkrafte und ohne dich an meiner Seite stehe ich das nicht durch. Ich habe Angst vor der Verhandlung, meiner Aussage und wenn alle Welt die Fotos zu Gesicht bekommt. Wie soll ich danach als Fotografin weiterarbeiten? Ich brauche meine Selbstständigkeit. Und ich brauche dich.«

Tim nahm mein Gesicht in seine Hände und strich mit den Fingerkuppen über meine Wangen. Ich genoss diese Geste.

»Meine Schöne, wir werden das schaffen. Und wir werden alles der Reihe nach angehen. Jetzt erzähle mir erstmal, was du gerade geträumt hast.«

Ich erzählte ihm, dass es einfach wieder ein Albtraum war. Davon, dass er mich in diesem Traum verlassen hatte, erzählte ich ihm nicht. Ich wollte ihn nicht unter Druck setzen. Das würde aber passieren, wenn er von dieser Angst wusste. In diesem Moment wollte ich einfach nur noch vergessen. Ich wollte diesen Tag vergessen und genießen, dass Tim hier bei mir war.

Das sagte ich ihm auch so und entlockte ihm damit sogar ein Lächeln.

»Ich glaube, es ist eine gute Idee. Ich würde diesen Tag auch gern vergessen. Nur denke ich, wir sollten erst mal etwas essen. Wie ich das einschätze, hast du heute noch nichts gegessen. Ich möchte schließlich nicht, dass du mir mal wieder das Bewusstsein verlierst.«

Tatsächlich fiel mir erst jetzt auf, dass ich den ganzen Tag nichts zu mir genommen hatte. Ich hatte ja nicht mal das Croissant heute Morgen gegessen. Ich ging in meine Küche, um zu schauen, was da noch an Essbarem zu finden war. Nichts, wenn ich genau sein wollte. Mein Kühlschrank gab gerade noch eine Flasche Wein und ein paar saure Gurken her. Daraus ließ sich nun wirklich nichts machen. Ich griff also zum Telefon.

»Italienisch, Asiatisch oder Indisch?«

Tim überlegte einen Moment.

»Ich bin für Italienisch, wenn es dir recht ist. Aber bitte keine Pizza.«

Ich wählte ein Pastagericht aus und gab die Bestellung auf. Dazu dürfte sogar der noch vorhandene Wein passen. Während wir auf die Lieferung warteten, deckte ich den Tisch. Tim sah mir vom Sofa aus zu. War wirklich wieder alles gut zwischen uns?

Ich musste es genau wissen. Ich stellte mich vor das Fenster und begann, meine Sachen langsam auszuziehen. Ich sah ihm in die Augen und sah sein Begehren. Das spornte mich an, weiter zu machen. Langsam kam er auf mich zu. Seine Fingerkuppen glitten über meine Haut. Mein Körper reagierte mit einem Zittern.

»Arme über den Kopf. Lehne dich gegen das Fenster und spreize deine Beine. Bleib so stehen.«

Ich gehorchte ihm sofort und stellte mich gegen das Fenster. Seine Hand griff nach meiner Scham, seine Finger glitten hindurch, tauchten in mich ein.

Er hielt mir die Finger vor meinen Mund, den ich nur zu bereitwillig öffnete. Er entzog sie mir wieder und fuhr mit seinen Fingernägeln meinen Rücken entlang. Ich stöhnte auf, genoss diesen leichten Schmerz. Ich brauchte das jetzt und Tim schien das genau zu wissen.

»Schließ deine Augen!«

Ich wusste, dass dadurch meine Sinne geschärft wurden, ich mehr fühlen würde. Ich hörte, wie er den Gürtel aus seiner Hose zog. Spürte seinen Atem an meinem Hals.

»Nur wenn du es auch wirklich willst.«

Ich nickte, natürlich wollte ich. Der erste Schlag ließ mich zusammenzucken, irgendwann ließ ich mich einfach in das Gefühl fallen. Spürte Tim tief in mir. Ohne Rücksicht nahm er mich. Drang mit jedem Stoß tiefer in mich ein.

Ich spürte seine Hand an meiner Kehle. Er raubte mir den Atem. Die andere Hand massierte meinen Kitzler und meine Erregung ließ mich fast zerfließen.

Mit einem lauten Schrei kam ich und wurde von Tim gehalten. Er küsste meinen

Hals. »So stehen bleiben und ja nicht bewegen.«

Was?

Oh nein, es hatte geklingelt. Das musste der Lieferant sein. Aber er konnte mich doch so nicht einfach stehen lassen. Von der Eingangstür aus sah man direkt auf dieses Fenster. Ich wusste nicht, ob mich dieser Gedanke völlig verunsicherte oder ob er mir gefiel. Da öffnete Tim auch schon die Tür und nahm unser Essen entgegen.

»Dir gefällt die Aussicht in diesem Raum? Ich muss sagen, ich finde sie auch sehr beeindruckend. Aber jetzt wären wir gern wieder allein.«

Hatte er das jetzt tatsächlich gesagt?

Ich spürte, wie ich rot wurde. Dann fühlte ich wieder seine Nähe. Ich war erleichtert.

»Meine Schöne, es freut mich, dass du tatsächlich stehen geblieben bist. Und nun verrate ich dir, dass dich niemand gesehen hat. Ich stand direkt vor der Tür, so dass ein Blick auf dich gar nicht möglich war.«

Er drehte mich zu sich um und ich sah seinen Blick. Ich wusste, dass er mich immer beschützen würde. Ich wusste, dass ich ihm gehörte.

Nach dem Essen ließen wir den Abend auf dem Sofa ausklingen. Erzählten, lachten und ich genoss seine Nähe. Irgendwann schlief ich auf dem Sofa ein und Tim trug mich in mein Bett. Ich spürte, dass er nicht mehr neben mir war und wurde unruhig. Doch da legte er sich schon zu mir und streichelte über meinen Rücken.

»Ich lass dich nie wieder los.«

Mit diesen Worten in meinen Gedanken schlief ich ein.

14 Tage waren inzwischen vergangen. Wir hatten es tatsächlich geschafft, unsere Nähe wieder herzustellen. Ich verstand seine Reaktion inzwischen. Ein Kind war eine zu große Verantwortung, das durfte nicht einfach so passieren. Doch trotzdem hatte ich immer wieder den Gedanken, dass es schön wäre ein Kind von ihm zu bekommen. Es war der Tag vor der Verhandlung.

Ich hatte am Nachmittag den Termin beim Arzt. Klasse gewählt der Zeitpunkt, aber ich hatte dann wenigstens vor der Verhandlung Gewissheit. Ich sagte Tim nichts von diesem Termin. Das war etwas, was ich erst einmal mit mir selbst ausmachen musste. Mich beschlich ein seltsames Gefühl beim Betreten der Praxis. Das Warten zog sich unendlich in die Länge und dann durfte ich endlich in das Behandlungszimmer.

Die Miene meines Arztes verriet mir nicht viel. Das, was er mir dann erklärte, traf mich völlig unverhofft. Seine Worte glitten an mir vorbei. Nein, ich war nicht schwanger. Aber das würde ich auch nie werden können.

Nie?

Dieses Wort hallte in mir nach. Ich war wie in einem Nebel gefangen. Das war nicht wahr, das konnte nicht sein. War es eben noch eine Befürchtung, ungewollt ein Kind zu erwarten, war die Gewissheit, nie eins zu bekommen, unfassbar für mich.

Die Erklärung, was es genau war, verstand ich kaum. Er sagte etwas von tubarischen Faktor, wahrscheinlich aufgrund einer EIP, eventuell einer Blinddarmentzündung. Was immer es auch verursacht hatte, das Ergebnis war für mich unvorstellbar.

Ich verließ die Praxis und ging nach Hause. Dass Tim dort auf mich warten könnte, kam mir gar nicht in den Sinn.

Ich öffnete die Tür. Meine Verzweiflung war mir buchstäblich ins Gesicht geschrieben und ich stand direkt vor ihm. In diesem Moment konnte ich die Tränen nicht zurückhalten. Er nahm mich in seinen Arm und hielt mich. Fragte erst mal nichts und dafür war ich ihm dankbar. Geduldig wartete er, bis ich in der Lage war, zu sprechen.

»Meine Schöne, was ist passiert? Hat es mit der Verhandlung von morgen zu tun? Mache dir keine Gedanken, mein Anwalt hat vielleicht eine Lösung. Es ist noch nicht sicher, aber es sieht ganz gut aus.«

Ich schüttelte den Kopf, denn an die Verhandlung dachte ich im Moment nun wirklich nicht. Ich war es ihm schuldig, die Wahrheit zu sagen.

»Nein, nicht die Verhandlung. Ich war heute beim Arzt und habe die Untersuchungsergebnisse erhalten.«

Tim schwieg einen Moment.

»Du bist schwanger.«

Das war keine Frage von ihm, sondern eine Feststellung. Ich schüttelte den Kopf und die Tränen liefen über meine Wangen.

»Ok, du weißt, dass ich denke, ein Kind jetzt schon wäre nicht gut gewesen. Ich verstehe, dass du jetzt traurig bist, aber ich verspreche dir, wir werden Kinder haben. Wir haben doch alle Zeit der Welt.«

Nur das war genau das, was wir nicht konnten. Nie würden wir gemeinsame Kinder haben. Ich fing an, ihm zu erzählen, was bei der Untersuchung herausgekommen war. Sein Blick veränderte sich, fast unmerklich und doch nahm ich es wahr. War das etwa Mitleid? Das wäre das Letzte, was ich wollte. Aber Tim sah mich an.

»Auch dafür wird es zu passender Zeit eine Lösung geben. Ich verspreche es dir. Wenn die Verhandlung vorbei ist, werden wir uns erst einmal darum kümmern, eine zweite Meinung einzuholen. Dann sehen wir weiter. Und jetzt ab mit dir ins Bett. Morgen wird ein harter Tag.«

Einige Minuten später war ich in seinen Armen eingeschlafen.

Der Tag der Verhandlung. Der Weg zum Gericht hätte in meinen Augen durchaus noch länger sein können. Alles in mir sträubte sich davor, diesen Albtraum erleben zu müssen. Auf dem Gang kam uns unser Anwalt entgegen. Wie konnte man vor dieser Verhandlung nur so gute Laune haben?

»Ich habe Neuigkeiten für euch. Und zwar richtig Gute. Einer von den Beteiligten hat vor der Staatsanwaltschaft seine Aussage gemacht. Bekam wohl kalte Füße wegen der Höhe der angedrohten Strafe.«

Ich schaute Tim fragend an.

»Was bedeutet das jetzt konkret für Cat und für die Verhandlung?«

Genau das wäre auch meine Frage gewesen.

»Ganz einfach, ihr Lieben. Das bedeutet, Cat braucht nicht mehr aussagen und die Fotos müssen nicht gezeigt werden. Die Verhandlung wird sich nicht unnötig in die Länge ziehen. Wir gehen davon aus, dass auch andere jetzt aussagen werden, um ihren, na ihr wisst schon, zu retten.«

Ich konnte es kaum fassen! Sollte es wirklich vorbei sein?

Das wäre einfach das Beste, was ich mir im Augenblick vorstellen konnte. Wir gingen in die Verhandlung und das mulmige Bauchgefühl war trotzdem noch da.

Zwei Stunden später sah meine Welt um einiges besser aus. Der Richter hatte tatsächlich darauf verzichtet, meine Aussage zu hören, so sehr der Verteidiger es auch angestrebt hatte. Und die Fotos würden mir ungesehen ausgehändigt werden, sobald das

Urteil seine Rechtskräftigkeit hatte. Der Albtraum schien damit wirklich ein Ende genommen zu haben. Wir gingen nach Hause, diesmal wirklich nach Hause. So war zumindest mein Gefühl.

Wir gingen in Tims Wohnung. Zumindest dachte ich das. Doch dann standen wir vor einem mir unbekannten Gebäude.

»Komm, meine Schöne, ich habe eine Überraschung für dich. Ich denke es ist an der Zeit, wirklich neu zu beginnen und eine gemeinsame Wohnung ist für mich der erste Schritt. Aber keine Panik, wir schauen sie uns nur an und wenn du nicht einverstanden bist ...«

Instinktiv wusste ich, dass Tim Recht hatte. Ein Neubeginn war das, was ich brauchte, um die Erinnerungen ab zu schütteln und endlich mit ihm mein Glück zu finden. Ihn für mich entscheiden lassen im festen Bewusstsein, dass er immer für mich richtig entschied. Und nichts wollte ich mehr. Wir würden unseren Weg sicher finden, er würde ihn finden. Und ich gehörte ihm.

Einzelausgaben: Die Einladung

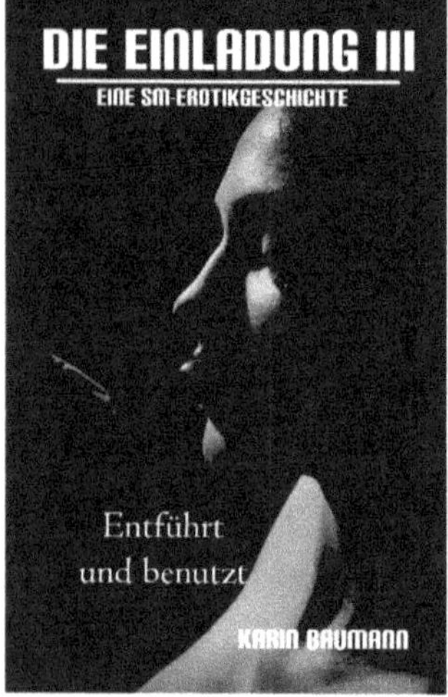

Empfehlungen